그대의 영혼
어디를 향하고 있는가

그대의 영혼 어디를 향하고 있는가

발행일	2016년 3월 30일

지은이	최 영 만		
펴낸이	손 형 국		
펴낸곳	(주)북랩		
편집인	선일영	편집	김향인, 서대종, 권유선, 김예지
디자인	이현수, 신혜림, 윤미리내, 임혜수	제작	박기성, 황동현, 구성우
마케팅	김회란, 박진관, 김아름		
출판등록	2004. 12. 1(제2012-000051호)		
주소	서울시 금천구 가산디지털 1로 168, 우림라이온스밸리 B동 B113, 114호		
홈페이지	www.book.co.kr		
전화번호	(02)2026-5777	팩스	(02)2026-5747
ISBN	979-11-5585-988-9 03810(종이책)		979-11-5585-989-6 05810(전자책)

이 도서의 국립중앙도서관 출판예정도서목록(CIP)은 서지정보유통지원시스템 홈페이지(http://seoji.nl.go.kr)와
국가자료공동목록시스템(http://www.nl.go.kr/kolisnet)에서 이용하실 수 있습니다.
(CIP제어번호 : CIP2016007807)

성공한 사람들은 예외없이 기개가 남다르다고 합니다.
어려움에도 꺾이지 않았던 당신의 의기를 책에 담아보지 않으시렵니까?
책으로 펴내고 싶은 원고를 메일(book@book.co.kr)로 보내주세요.
성공출판의 파트너 북랩이 함께하겠습니다.

한 시골 농부가 평생 땀 흘리며 찾아낸
인생 성공 방정식

그대의 영혼
어디를 향하고 있는가

최영만 지음

북랩 book Lab

●
머리말

    연로하신 아버지가 좀 이상해서 아들을 부르러 가려는 어머니를 못 가게 소맷자락을 꼭 붙드시더라는 얘기를 생방송에서 한다. 말하자면 아들이 알게 되면 병원에 입원을 시킬 것이고, 여차하면 생명 유지 차원의 산소호흡기도 사용할 것이 아닌가. 지금까지 산 것만도 과분한데 더 살겠다는 것은 인생사 도리가 아니라는 아버지의 의도였을 것이라는 얘기를 하면서 눈물이 그렁그렁한 걸 보니 아버지로서의 자리를 지키셨나 보다.

    그려, 죽음은 그 누구도 쉽게 생각할 수 없어. 나 역시 싫지만, 인생 나이 칠십 후반부에 들어섰다면 많이 산 사람으로서 가정에서나 사회에서 있는 듯 없는 듯 누구에게도 부담주지 않고 살다가 어느 날 갑자기 아무도 모르게 조용히 떠나는 것이 바람직하겠지만, 그동안 살아오면서 보고 느낀 점들을 글로서 말을 해보려니 글을 아무나 쓸 수 없다는 생각이 절실하다. 누구도 괜찮을 쉬운 얘기가 아닌 조심스러운 얘기들이라서.

말을 안 해서 손해라면 모를까 그렇지 않다면 말을 하지 마라. 그리 말을 안 해도 나는 말을 안 할 것이다. 말을 할 줄 모르니까. 글을 안 써서 손해라면 모를까 그렇지 않다면 글을 쓰지 마라. 그리 말을 안 해도 나는 글을 쓰지 않을 것이다. 글을 써 본 이력이 없으니까. 그렇지만 말을 안 할 수는 없고, 글을 안 쓸 수도 없다면 그때는 말을 할 것이고, 글도 써야겠지. 그런 맘 앞에 컴퓨터가 켜지고, 검색창이 열리고, 키보드가 눌러지고, 마우스가 움직여진 것이 이렇게 글이 된 것이다.

국가에서 권장하는 독서란 개인만이 아닌 국가적으로도 선진국으로 올라서자는 의미로 곳곳에 거금을 들여 도서관을 세우고 독서를 권장하고는 있으나, 참고서나 구직 관련 도서들만 읽혀서는 우리가 살아가는 사회가 밝아지기를 바라기는 한참 멀지 않을까.
그런 점으로든 글을 쓰고 보니 살아 볼 만한 사회를 만들기 위해 많은 생각이 동원되고는 있으나 사회는 너무도 복잡다단해서 분쟁이 있게 되고, 분쟁은 어쩌면 필연이다. 그런 분쟁을 막아보자는 법은 있지만 법만으로는 안 되는 속앓이라는 것도 있지 않겠는가. 그런 속앓이는 수행목적으로 깊은 산 속으로 들어가 도를 닦는 그런 사람 말고는 상대가 있을 수밖에 없고, 따라서 상대로부터 있어지는 불편함도 없지 않을 것이다.

오늘날의 사회는 그런 불편함을 말할 수 있는 자유사회라고 한다면 어른이든 젊은이든 지식인이든 그렇지 못한 처지이든 나름대로 하고 싶은 말이 있을 것이 아닌가. 그렇지만 말을 한다고 해서 상대가 인정해주느냐는 또 다른 문제로 글 내용상 독자들에게 결례가 되는 그런 글은 아닐까? 책을 내자면서도 그런 염려가 앞서는데 어느 부분에 조금은 불편한 내용이 있을지라도 그것을 불편으로만 여기지 말기를 간절히 바라는 맘이다.

그 어떤 대상을 공격하거나 폄하하려는 생각은 결코 아니기 때문이다. 그렇다. 농담일지라도 듣는 입장은 마음에 큰 상처를 입을 있을 것 같아 글을 쓰면서도 고민 또 고민하다 결국에는 책을 내게 되었다. 책이란 단순 지식만을 얻기 위함이 아니라 책을 통해서 그 동안의 착각을 반성으로든 기독교에서 말하는 회개로든 올바르게 세우는 것이라고 말한다면 거기까지는 독자들의 몫으로 하고, 글 내용이 창작만 아님을 이해해주길 바란다. 그리고 이 책을 내기까지 아내와 아들딸들도 애써주었는데 고맙다는 말 전한다.

최영만

●
차례

1장

가정에서
나는 어떤
존재인가

젊음은 그렇게 가는 건가

　그대는 오늘을 산다고 생각은 해봤는가? 그대가 태어날 때 그대
는 울었을 것인데 그때 운 기억은 나는가? 엉터리 질문인가? 그려,
살기도 바쁜데 소득도 없는 질문에 답을 해야 할 이유는 없겠지
만, 그대가 태어날 때 가족들은 너무도 기뻐서 환호했을 것이다.
그렇다면 떠날 땐 그대는 침묵하고 그대를 아는 지인들은 너무도
안타까워 울 정도로 살아가라고 한다면 무어라고 답할 건가. 어림
도 없는 말이라 답할 가치도 없다 할지 몰라도 나이를 먹은 입장
에서 젊었을 적 추억이 없는 사람도 있을까. 거실에 내걸린 '달력'
을 새해 '달력'으로 바꿔 걸면서 속절없이 떠나버린 세월이 아쉽다
는 생각들도 들 것이 아닌가.

　그렇지만 그것들을 다 어쩌겠는가. 이제는 젊음이 아님을 인정하
지 않을 수 없는 어디까지나 아줌마 입장인걸.

　그래도 좀 젊게 보이려고 얼굴에 뭘 찍어 발라야 하는 형편이기
는 해도 세상에 태어난 이상 건강하게 오래오래 살고 싶다는 맘들

은 누구에게나 있을 터이다. 희소식일 수도 있는 생명공학기술발 달로 수명이 엄청나게 길어져 앞으로 30년 후(2045년)부터는 한동안 신조어처럼 등장했던 99 88 234(99세까지 팔팔하게 살다 이틀 앓고 3일째 죽는 것이 행복한 인생이라는 뜻)가 아니라, 130세까지도 살 수 있을 거라 는 미래학자들의 말이 전혀 엉뚱한 말로 들리지는 않는다. 가수 이애란이 부르는 '백세인생' 노랫가락이 인기 절정에 있다는 그런 마당에 틀린 소리는 아니지 않는가. 폐경에 이른 여성들로서는 젊 음까지는 어림도 없을 거라는 넋두리 앞에 겨우내 입고 다니던 외 투들을 벗어 던져버리고 산뜻한 차림의 젊은이들을 보는 아줌마 들로서는 좋게 보이기는커녕 얄밉기까지 할 것이 아닌가. 어디 남 들만이겠는가. 솔직히 나도 그런 맘인데. 세월은 야속하게도 자꾸 노년 쪽으로만 가고 있다니.

사시사철 왁자지껄하는 장마당, 거기서 밥 벌어먹고 살자는 군 상들. 그런 군상들에게도 봄이 오기는 왔을 터, 그렇지만 밥 벌어 먹자고 애를 쓰다 보니 봄인지도 모르고 살아가는 털털한 아줌마 들, 남편조차도 싫어할 그런 마누라에게 곧 태어날 거라는 손자들 얘기, 손자를 키워주어야 할 형편에 놓인 입장들로서는 많이도 억 울해 하지는 않을까. 이렇게 억울할 줄을 누군들 미리 생각이라도 했으리?

임신한 며느리 배를 보니 젊었을 때 폼나게 살아보지도 못하고 그냥 지나쳐버린 30여 년 전 젊은 날의 얘기다.

청춘은 봄이요 봄은 꿈나라

언제나 즐거운 노래를 부릅시다

진달래가 생긋 웃는 봄봄

청춘은 싱글벙글 윙크하는 봄봄봄

가슴은 두근두근 춤을 추는 봄

산들산들 봄바람이 춤을 추는 봄봄

시냇가에 버들피리는 삐비리비리비리비

라라 라라라 릴니리 봄봄

청춘은 봄이요 봄은 꿈나라

　계절로 인한 봄날의 따스한 햇살, 산들바람이 가져다주는 봄의
향기 때문에 설레는 맘. 그것을 무시하기에는 거울 앞에 자꾸만 다
가서던 스무 살 갓 넘은 아가씨. 멋 부리기에도 시간이 모자란 꽃
다운 청춘. 그렇다면 돈 버는 데만 정신을 쏟아서야 되겠는가. 그
래 밖으로 나가자. 남자친구와.

　내가 어디가 그리도 좋아 사귀고 싶었을까. 자꾸만 말을 걸어오
고 맛 나는 것도 자주 사주던 남자친구. 그 남자친구와 봄나들이
를 실미도까지 갔었는데, 그렇게는 내가 따라간 게 아니라 내가 데

리고 간 실미도. 실미도가 어떤 섬인가는 훗날 소설로, 영화로 해서 알려지기는 했지만, 하루에 두 번씩은 바닷길이 틀림없이 열리는 신비하다면 신비한 그런 섬.

주소로는 인천시 중구 무의동 136-49번지.

면적은 75,870평, 둘레는 6㎞, 해발고도는 80m.

그렇지만 하마터면 청와대가 북한공작부대원들로부터 피습을 당할 뻔했던 1968년 1월 21일 이른바 김신조 사건, 1·21사태 때문이라는 보복 차원으로 북한 김일성 주석궁을 어떻게 해보겠다고 북파공작원을 훈련시켰다는 실미도. 정부로서는 불편한 진실을 공개하기가 여간 껄끄러웠을 역사적인 섬 실미도. 계절적으로 피서철이 아직 아닌 봄 나절, 청춘남녀 한 쌍이 실미도까지 왔다면 저 갈매기들은 잘 놀다 가라고 그러지 않을까?

갈매기와 말이 통할 수만 있다면 나도 갈매기에게 아들딸 넉넉하게 낳고 잘살아라. 덕담으로 그럴 것 같다. 갈매기와 사람, 갯벌 냄새와 파도 소리. 태평양 바다 쪽으로 끝없이 펼쳐진 수평선. 남자친구와 붙잡은 손. 이것을 두고 연애라 하는 건가.

높지는 않지만, 어선 한 척이 파도를 헤치고 넓은 바다를 가로질러 간다. 물론 고기를 잡으러 가겠지만 조그마한 배인 것으로 봐 부자는 아닐 것 같고, 나 같은 또래 딸이 있어서 시집보낼 채비를 마련키 위해 고기를 잡으러 가는 배는 아닐까. 딸 시집보내자는데 돈이 없어서는 안 되는 오늘날의 현실. 말하자면 뜨거운 사랑만으로는 안 된다는 부모님들의 심각성. 딸 시집을 보내려면 신랑 집 형편 정도에 따라 빚도 내게 된다는 슬픈 얘기를 들은 바 있는데, 저 배 주인도 거기에 맞추려 애를 쓰고 있지는 않을까. 부모들은 그렇게 그렇게 해서 시집을 보내주었건만 딸 입에서 청천벽력과 같은 말, 이혼이라니.

이거야 정말 고기잡이고 뭐고 다 때려치우고 싶어 밥맛도 없다면 딸을 둔 것이 복이 아니라 불행일 수도 있을 텐데. 나는 하늘이 무너져도 그러지는 말자. 쉽게 무너질 수도 있는 각오.

성은 종족 번식일 테지만

사람이지만 성에 있어 때에 따라서는 짐승 같을 수도 있다. 수컷이라는 본능이 발달하게 되면 자제능력조절이 희미해지기 시작. 창조의 의미가 발동되어 자기 유전자를 심을 곳을 찾아 두리번거리다 허락된 정식 자리가 아니라도 자기 유전자를 빨리 심고 싶다는 욕구분출이 강할 것을 인정 안 할 수 없는 상황. 이런 상황에서 미혼이지만 얌전을 고집할 수만 없다면 어떻게 해야 하는가는 자연에 비추어 볼 수밖에. 그래서 다가오라고 살며시 눈을 감아주었는데, 수컷의 야릇한 손길은 입술까지가 아니라 최종 목적지까지 더듬어 오려 하지 않은가.

그것이 너무 달콤해 허락해버릴까 생각도 해봤으나 우리는 아직 그렇게 해도 된다는 부모로부터 허락도 받지 않은 어디까지나 미혼 남녀, 더 이상은 안 되겠다 싶어 떠밀치기는 했지만, 갯벌에서만 살아가는 저 생명체들은 이런 상황에서 대처를 어떻게들 하는 걸까.

그런 생명체들이야, 미물들이니까 창조질서에 의한 자유? 그려, 자유. 결혼식도 따지고 보면 자유롭지 못했던 Eros Love를 오늘부터는 자유로워도 된다는 명분이지 않은가.

그렇지만 인간은 만물의 영장? 그려, 만물의 영장이라고 말하려면 만물의 영장답게 성 윤리도 지키는 것이 사회질서로든 훗날 후회가 없으리라는 점을 생각을 안 할 수 없는 여성으로서의 성 윤리, 그래서 약혼식도 치르지 않았다는 이유의 거절이었지만, 한편으로는 미안하기도 했다.

만약 맘이 너무 뜨거워 야릇한 손길을 그냥 두었다가 누군가에게 들키기라도 하는 날엔 민망은 물론이다. 정식 자리가 아니라서 문제지 수컷의 야릇한 손길 없이도 종족 번식은 가능할지 모르겠지만, 야릇한 손길을 응했더라면 어땠을까? 다 지난 얘기지만 미안한 생각도 든다.

내가 네게 큰 복을 주고 네 씨가 크게 번성하여 하늘의 별과 같고 바닷가의 모래와 같게 하리니. 네 씨가 그 대적의 성문을 차지하리라.(창세기 22장 17절)

아브라함에게 허락하신 창조의 의미로 된 종족 번식이라는 논리로 후손이 태어나기는 거의 불가능하지 않겠나. 종족 번식에 있어 오늘날에서는 의술 수준이 높아져 인공수정으로도 후손이 가능하다고는 할지라도.

자유부인이 되고 싶다면 잘못일까

곧바로 결혼까지 이루어지지는 않았지만, 결혼 정년이라는 이유를 들어 양가 어른들의 상견례로 해서 결혼을 했고, 그렇게 사랑을 해서 아들이 태어났고, 성장을 해서 장가를 들더니 한 달도 안돼 제 색시가 임신을 했다지 않은가. 아니, 그렇다면 임신은 결혼 전에? 그려, 다른 도둑질은 다 해도 씨 도둑질만은 못한다더니 제 아빠처럼?

어떻든 아들 맘은 엄마도 기뻐해 달라는 통보겠지만, 엄마로서
는 기뻐할 수만 없는 손자를 키워주어야 될 입장으로 애를 키워
주자면 '나'라는 존재를 포기해야 하는 내 인생에서 중차대한 일이
지 않은가. 남편은 그것을 비웃기라도 하듯 심란해진 마누라 생각
은 안중에도 없고 곧 태어날 손자 생각에 입이 째질 듯 싱글벙글.
밉다, 미워 정말! 손자가 태어나려면 아직인 데도 손자 키워줄 생
각에 벌써 걱정이 이리도 태산이라니.

손자가 태어나더라도 직장을 그만둘 수도 없는 며느리의 입장,
키워달라는 말을 안 해도 내가 키워주지 않으면 안 될 가정형편,
그렇지만 그동안 어떻게 해서든 남들처럼 잘살아보겠다고 젊어서
부터 장사만 하느라 고생을 고생인 줄도 모르고 살아왔기에 애들
뒷바라지가 끝나는 대로 여행도 해보겠다고 해외여행 계획도 세워
놨는데 이게 뭐람. 경제적으로 넉넉하지는 못해 대체로 저렴하다
고 하는 중국여행, 여행상품으로는 중국 황산, 황산이 아직 세계
문화유산으로 등재되지는 않았지만, 현대적 불가사의 황산, 그곳
을 관광해본 이웃들의 자랑, 나도 곧 여행하게 될 설렘, 가능하다
면 유럽 등 해외여행도 좀 하며 살자고 친구들과 여행목적의 계도
들어 놨건만 그런 여행 계획이 손자가 태어남으로써 물거품이 되
는 건가?

아, 많이도 아쉽다. 아쉽지만 그 정도는 포기를 한다고 하자. 그

러나 수시로 만나야 할 각종 모임들, 그들과의 모임에서 자기 남편들 건강이 어쩌니 등 거침없는 수다. 그들과는 앞으로 어떻게 되는 건가? 그런 문제만이 아니라도 애를 돌봐주어야 하기에 옴짝달싹 못 해 가련해질 몸뚱이, 손자를 키워준다고 집 안에만 갇혀 살아가기에는 아직 젊은 아줌마, 애가 태어나더라도 내게 맡길 생각일랑은 아예 하지를 말아라! 딱 잘라 말하기는 함께 사는 어디까지나 시애미, 어머님이 키우시기는 힘드실 테니 제가 알아서 키우겠습니다. 그리 말을 해도 가로막아도 될 며느리의 직장, 그러기에 그만두랄 수도 없는 가정형편, 그동안 주었던 용돈이 애 낳으면 키워달라는, 말하자면 로비 성격의 용돈이었을까? 사실이라면 그런 줄도 모르고….

어찌 됐든 쉬운 판단으로 덥석, 내가 키워줄 테니 애 키울 걱정은 하지 말고 낳기만 해라. 그리 말하기는 했지만, 애만 키우다가는 늙은이가 될 아까운 내 인생. 그런 내 인생을 주어진 형편에다 그냥 묻어버리기에는 아직 할머니가 아닌 꾸미고 나서면 뭇 남성들이 쳐다볼 거울 앞에선 아직 멀쩡한 아줌마.

남편이야 손자가 귀엽다고 머리 쓰다듬어 주고 가끔은 아이스크림이라도 사다 줄라치면 우리 할아버지 최고! 대접이 기다리고 있을 테지만 손자를 돌보느라 애쓰는 내게는 애 잘 돌봐준다고 '감사합니다.'라는 말은커녕 혹 넘어져 상처라도 나는 날엔 며느리 얼굴이 확

변할 것은 분명한데, 이 일을 어떻게 다 감당할까. 무거운 맘에 벌써 잠도 안 오고, 그래서 생길지도 모르는 스트레스, 오, 하나님!

이제부터는 시어머니다

애미야! 애를 낳아도 애를 키울 걱정에 있다면 그런 걱정은 하나도 할 것 없다. 시애미인 내가 다 알아서 키워 줄 테다. 그러니 걱정하지 말고 애만 낳아라. 인간사회에서 태어나고 떠나고는 창조질서고 진리인데 내 손자를 할머니가 키우지 못하겠다고 해서야 말이나 되겠느냐. 이 시애미는 애 키우는 데는 그동안의 이력으로도 자신이 있다. 애를 키우는 문제로 고부간이 불편해서도 안 되겠지만 애미 너와 나는 평생을 같이해야 할 공동운명체로 이 시애미가 늙어 기력이 떨어지거나 병이라도 나게 되면 당연히 며느리인 너를 의지할 수밖에 더는 없다. 그런 문제를 생각해서라도 더 늙기 전에 너를 도와야지 당장 편하자고 며느리인 너를 소홀히 대해서야 되겠느냐. 그렇다는 점에서 애를 낳기는 애미인 너겠지만, 애 키우기는 할머니일 것인데 전부터 내려온 당연함이라면 당연함이 아니겠냐.

당연함을 아니라고 해서야

당연함을 이런저런 핑계를 들어 애 키우는 일 만큼은 못하겠다고 거절해서야 누구로부터도 환영받지 못할 것이 아닌가. 중국여행도 유럽여행도 할 거라는 욕심은 아직도 살아 있는 것만은 사실이나, 태어날 내 손자를 키우기 위해서는 여행 계획은 물론, 각종 모임도 다 내려놓을 생각이다. 손자를 키우는 일이 더 중요하다면 거기에 매달려야지, 부담스러워 해서야 되겠느냐는 것이 이 시애미의 생각이다.

그러나 너야 그럴 리는 절대로 없겠지만, 미리 말해 둘 것은 애를 키우는 과정에서 혹 넘어져 상처라도 난다면 애미인 너의 눈치가 보일 텐데 그것이 좀 부담으로 다가온다. 그런 부담만 덜어준다면 시애미로서 정성을 다해 손자를 키울 것이다. 손자를 키우는 것은 할머니의 의무요, 당연함이다. 손자를 키우는데 쏠쏠한 재미도 맛보게 된다는 얘기를 주변에서 듣는다. 그래, 정성을 다해 손자를 키우다 보면 금방금방 커서 걸음마 하기, 말 배우기, 유치원생으로, 초등학생으로, 고등학생으로, 당당한 대학생으로.

그때마다 손자들이 좋아할 음식도 만들어 주고, 그래서 그 음식을 맛나게 먹는 모습에서 나의 존재감을 느끼게 될 것 같아 벌써 기대된다.

오늘날에서는 수명이 길어진 이유도 있겠지만 치매 환자가 넘쳐, 노인을 모시는 가정마다 우리 시어머니도 혹 치매? 그런 염려 때문에 노인 대접을 받기란 사실상 어려울지도 모르겠는데 치매란 외로움에서 오는 공황장애로, 사랑하는 상대가 곁에 없다는 데서 생기는 병리현상이라고 하는 것 같다. 치매 예방약이 곧 개발될 거라는 희망적인 말도 들리기는 해도 외로움을 달래는 예방약은 어림도 없을 것이 아닌가.

그렇게 보면 손자를 키운다는 것은 치매 예방 차원으로도 노년들에게 주어진 최고의 축복이지 않겠나. 이런 축복의 설명을 하는 사람 누구도 없고, 그런 프로그램조차도 없어 답답하다는 생각으로 사랑하는 손자만 바라봐도 치매는 저 강 건너 일일 뿐만 아니라 정성으로 키운 손자들이 잘 자라 할머니의 보호자가 되어줄 것은 분명한데 늙으면 궁금한 것들만 많아진다고 한다. 그런 궁금증도 이 할머니에게만은 쉽게, 아주 쉽게 손자들이 다 풀어주리라는 기대다.

 내가 아는 서울에 사시는 할머니는 97세로 거동이 너무 불편해 요양병원으로 보내 드려야 할 형편에 이르게 되었다. 그러자 키워 준 손자가 안 된다고 가로막는다는 것이다. 손자는 그동안 그만큼 커서 군대를 가야 할 형편이라 어쩔 수 없이 군대는 가기는 가야겠는데, 수신된 입영통지서를 만지작거리면서 군대 때문에 할머니를 못 모시게 될 걱정에 빠져 있다는 소식이다.

손자를 향한 할머니의 기도

 손자와 할머니, 할머니와 손자. 그 누구도 떼어 놓을 수 없는 천륜적 관계. 이런 고귀한 관계를 나도 곧 맛보게 될 텐데 여행이니, 모임이니, 등 편하게 살자는 어리석은 생각은 이미 멀리멀리 아주 멀리 떠나보냈다. 손자를 잘 키우는 것이 훗날 맛보게 될 축복일진데 그런 축복을 어찌 마다하겠느냐. 그렇지만 손자 없이는 못 살겠다는 사랑의 품이 아니고서는 우리 할머니라는 대접을 기대 말아야 하는데 이런 사랑의 관계를 잘만 유지한다면 손자들은 할머니에게 있어 보배들로, 할머니는 손자들에게 있어 높은 산성이란다. 철이 덜 들어 혹 곁길로 갔다 하더라도 할머니 목소리만 들어도, 할머니 모습만 봐도, 곧 후회하고 되돌아올 것이다.

할머니라는 존재는 손자들에게 있어 높고 높기에.

하나님 아버지!

제가 어렸을 적에는 애를 많이 낳아도 할머니가 다 키워주셨고 저도 할머니께서 키워주셔서 지금은 예비할머니까지 되었는데 오늘날은 그때의 시대가 아닌 현대사회라는 시대적 상황인지는 몰라도 요즘 할머니들께서는 여러 이유를 들어 애를 돌볼 수 없다고 핑계들을 댄다고 하네요. 그것도 두말하지 마라, 단호하게 안 된다. 할머니가 손자를 키우기란 결코 쉽지는 않겠지만, 사랑을 실천해야 하는 신앙인으로서도 마다하면 말이 아니겠지요. 하나님?

시어머니의 영혼

부족에서의 바람

애미인 너, 시애미인 나

가정질서가 말해주는

고부간으로 연결된 매듭

궂은비가 내려 창수가 나도

눈보라가 휘몰아쳐도

며느리와 시어머니

서로 의지하며 지내야 할

누구도 바라는 보편적 인간사

시어머니와 며느리

우리는 누가 뭐래도

누룽지처럼 고소하게 지내자

그랬으면 좋으리라는 마음

기대치만이 아닐 것이다

너로부터 큰절도 받았다

물론 결혼식장이기는 했지만

이제부터는 절대 변치 말아야 할

누구도 대신할 수 없는 인연

언제든지 있을 수 있는 불편함

얼마든지 있을 수 있는 부족함

천둥소리에도 놀라지 말자

오르막길 내리막길

넉넉하지 못한 삶

하늬바람은 소설로 말했지

때로는 조마조마했고

때로는 밤잠도 설쳤고

때로는 부족해서 부아도 났었지

그 누군들 넉넉함만 있으리

물질이 등장한 현대사회에서

'심령이 가난한 자는 복이 있나니

천국이 그들의 것임이요'

내게도 해당되는 성경 구절은 아닐지

2장

가정에서
나는
누구인가

신세대 그대로이고 싶다

솔로몬 왕은 그 어떤 왕보다 부귀영화를 누렸다고 성경은 기록하고 있다. 그것이 시대적으로 자랑거리가 될지는 몰라도 솔로몬 왕이 부귀영화를 누리는 동안 백성들은 얼마나 많은 고생이 따랐을까? 생각마다 다를 수는 있겠지만, 한없이 누리고 싶은 부귀영화. 누군들 부귀영화를 싫어하리. 부귀영화를 향한 욕망. 그런 욕망이 나라고 해서 어찌 없겠는가. 나뿐만이 아니라 누구든지 그럴 것 같다는 상상으로 그것을 읽어 볼 필요도 없이 내게 주어진 존재의 가치. 어떻게 해서든 윤택하게 살아 보려는 몸부림들. 현재까지도 진행 중이고, 앞으로도 그칠 줄 모르는 영원하리라 싶은데, 그것들을 다 인정한다 하더라도 가부장적 시대도 아닌 현대사회에서 며느리로 살아간다는 것은 너무너무 어려운 고문일 것 같다. 그동안의 무지개 꿈은 결혼 때문에 송두리째 무너져버리고 있는데도 시어머니들께서는 그런 것에는 관심두지 말라는 건가?

이렇게 심각한 결혼 문제를 놓고 친구들은 생각이나 해 봤을까. 대학을 졸업하고 안정된 직장에 들어가게 되면 필연으로 다가올 결혼 문제. 결혼 상대가 누구일 것이며, 조건은 또 따지지 않을 수 없다. 시부모는 계시는지 아닌지. 시부모가 계신다면 모시지 않을 수 없는 문제로, 자유롭게 살려면 시부모가 없어야 한다는데 그런 문제가 나라고 해서 그네들의 입장과 다를 수가 있겠는가. 그래, 나도 그네들과 자유롭고 싶은 생각, 자유를 누리자는 온 인류가 추구하는 소망 중 첫째라면 첫째, 내게도 마찬가지, 그렇지만 그것이 부족할 경우의 대처는?

거기에 대한 공부를 안 해서 잘 모르겠지만, 그런 부정적인 면은 현실로 다가와 시어머니는 며느리인 내 목을 조르고 있지 않은가. 숨도 못 쉬게. 아, 답답하다, 정말.

무슨 유행가처럼 구닥다리 소리, 잔소리 막음으로 용돈을 좀 드릴까 생각도 해보나 수입과 지출이 완벽하리만치 꼭 짜여진 형편이라 그럴 수도 없고, 이렇게 어려운 맘을 남편이 모를리 없으련만 모른 척하는 것 같아 야속하기까지 하다. 이런 미움이 시어머니가 떠나실 때까지는 면할 수 없을 것 같은 고부간 갈등. 살다 보면 해결은 될 것이며, 해결점이 있다면 어떻게? 고부갈등 해소는 부고가 있을 때만 가능하다고들 하지 않은가.

그렇다면 그것을 맘에 품고 살아가기는 당장의 질병이 될 수도 있다. 벌써부터 스트레스.

이렇게 어려운 시집살이를 그러려니 그냥 넘어가기도, 무시할 수도 없는 고교 동창들과의 만남, 그럴 때만이라도 애를 좀 돌봐주시면 해서 말씀을 드릴라치면 갈 때가 있다는 갖가지 핑계를 다 들이대시며 딱 잘라 거절하시지 않은가. 며느리와 시어머니의 관계, 이런 관계도 시어머니는 그동안 고생고생하고 살았으니 이제부터는 세상 재미도 좀 맛보며 살겠다는 생각이시겠지만, 그것들을 다 인정한다 하더라도 꼭 가서야 할 곳도 아닌 것 같은데 매일이 멀다 하고 나가시는 시어머니, 시어머니 성격상 오래 지속된다면 앞으로 나는 어떻게 살아야 하나 너무너무 고민스럽다.

태생적으로 순하지만 못한 다혈질, 그런 다혈질을 시어머니 앞에서 내보일 수도 없고, 평생을 참고만 살아가기에는 아직은 한참이나 젊은 아줌마, 그것을 다 어찌할까. 주어진 환경을 인정하고 살아가기는 너무 불쌍한 내 인생. 시어머니 때문에 내 인생을 다 묻어버릴 수 없다면, 방법으로 이혼밖에 더 있겠는가. 이혼? 그래, 이혼. 이혼 사유를 들으면 고부갈등도 한몫을 한다지 않은가.

결혼이 그리 중요치 않다면

　결혼 정년을 훨씬 넘긴 입장에서 결혼 소개소로부터 만난 상대와 상견례도, 결혼날짜도, 청첩장도, 예식장도, 예식장에서 입을 드레스도, 웨딩촬영까지도 완벽하게 준비해 놓고 기분이 너무너무 좋아 조용한 커피숍에서 따끈한 차 한 잔씩을 시켜 놓고 맛나게 마시면서 나온 얘기가 장남이기는 하나 시부모는 안 모시고 단둘이만 살 거라고 그렇게 말은 했다. 생각을 해보니 소문나게 좋으신 어머니라서 어머니를 모시면 어떻겠냐고 눈치를 살피며 넌지시 말을 꺼내 봤는데, 웬걸. 신붓감은 귀가 너무도 밝아 금방 알아듣고, 느닷없는 물음이라는 듯 이게 무슨 말이야, 겁이 덜컥 났는지 그동안의 밝은 표정은 순간 싹 사라지고, 어두운 표정으로 확 바뀌더니 지금까지의 일들은 없었던 일로 하자면서 그동안 고마웠다는 일방적 선언으로 횅하고 나가버렸다는데 그 여성은 지금 내가 처한 현실을 그동안 공부를 해서 꿰뚫어 보기라도 했을까 대단히 잘한 결단이다. 그래, 나도 이혼을 할까 보다. 그것도 당장!

그랬는데, 93세나 되신 시어머니께서 며느리에게 얼마나 잘해주셨는지 TV 프로그램 아침마당의 코너 '내 말 좀 들어 봐'까지 출연해, 시어머니 자랑을 그리도 하지 않은가. "어머님, 고맙습니다. 앞으로도 어머님을 잘 모실게요." 눈물까지 그렁그렁하면서 말이다. 이건 시어머니가 잘해주신 건지, 며느리 심성이 고아서 그런 건지, 출연자의 가정 분위기를 들여다보지를 못해서 모르겠으나 분명한 것은 고부간 갈등 없이 그래야 하는 건데, 그렇게는 구세대와 신세대라는 차이가 있지 않은가.

이런 차이를 극복하기는 구세대인 시어머니는 과거를 놓을 수 없는 고정관념에 사로잡혀 어쩔 수 없다면 고등교육을 받은 며느리가 나서야 할 것이 아닌가. 어떻든 시집살이, 내 앞에 행복만 펼쳐지기를 그동안 얼마나 바랐으며 기도는 또⋯.

그러나 모든 일이 바람대로만 이루어질 것 같으면 종교가 왜 있어야 하며 간절한 기도는 또 무슨 필요가 있겠는가. 하나님은 인간이 살아갈 수 있는 조건들 중, 햇볕, 공기, 물, 동식물 등 먹을거리 갖가지들을 창조해 주시며 그것들을 지배하고 살아라! 그리 말씀하셨다면 통째로 주신 것이다. 그렇다면 인간은 이것들을 지혜를 발휘해 지배하고 살아가야 함에도 행복만을 추구하다 보니 그래서는 절대로 안 된다. 시어머니가 너무 미워지고, 고부갈등으로 이혼까지 가게 된다면 어디 인간다운 삶을 살아간다고 말할 수 있겠는가. 그런 점으로든 시어머님도 그 누구도 나를 못살게만 굴지 않는다면 그런대로 살아볼 만한 세상은 아닌가.

　따지고 보면 인간 수명이 길어져 오늘날에서는 백세시대일진대, 젊음으로 살아갈 날은 길어봤자 약 20여 년 정도로, 20년은 곧 지나갈 것이고, 나이를 먹어 살아갈 날이 훨씬 많다면 많이 살아갈 날을 생각해서라도 시어머니를 잘 모심을 자식들에게 보여주는 것이 지혜로움이 아니겠는가. 그래, 이제부터는 그동안의 엉터리 생각을 지혜로운 생각으로 확 바꿔버리자.

˙ 바보 며느리가 되고 싶지는 않지만

　어머님, 지금까지는 어머님이 계시는 것이 그리도 싫었는데 좀 늦기는 했지만, 이제라도 잘못을 후회하고 반성합니다. 어머님이 바라시는 것들이 비단 우리 어머님만이 아닐 것으로 그리 생각을 해보니, 그게 아니라는 생각이 깨달음으로 다가옵니다. 이 세상 모든 시어머님이 며느리를 친딸같이 따뜻하게 품어주신다면야 천국 같은 결혼생활이겠지만, 그것을 바랄 수도 없는 시어머님들의 입장.

어머님만이 아니라 모든 시어머님께서는 그동안의 생활방식이 구식으로 굳어져 있다면 그것을 바꿔주시기를 바라기에는 며느리로서 가당치도 않은 아주 엉터리 생각을 지금까지도 지니고 있었다는데 부끄럽기도 해서 자신이 미워지기까지 합니다.

이제 와 생각이지만, 어머님을 모시고 사는 것이 평생을 살아가는 데 있어 인간으로서의 절대 가치는 아닐지라도 어머님을 잘 모시면 남편은 물론, 친인척들도, 저를 아는 주변분들로부터도 칭찬 보따리가 주어질 텐데 그것도 모르고 맞닥뜨려진 현실만 바라보나요.

어머님께서는 손자를 정성을 다해 키워줄 테니 애 키울 걱정일랑은 하지 말고 낳기만 해라. 그리 말씀을 하셨지만, 그렇게 말씀을 안 하셔도 며느리로서의 본분은 시어머님을 잘 모시는 것이 아니겠습니까.

그렇게 보면 저에게서 태어난 녀석들은 유치원으로, 초등학교로 금방금방 커서 엄마의 삶을 볼 텐데, 엄마로서의 참모습을 보여주어야 한다면 무엇을 보여주겠습니까. 어머니라는 호칭은 위대하다는 의미인데 그런 위대함은 늙어서 맛보게 될 대접, 그런 대접은 대대로까지 이어질 것이다. 현재가 어렵다고 해서 그런 문제를 깊은 생각도 없이 단순 논리로 포기해서는 안 된다는 것이 아직도 많이 미숙한 며느리지만 지혜의 생각이 번뜩 듭니다.

그러니 앞으로는 잘못된 그동안의 생각과 생활방식을 어머님 생활방식에 맞추려 노력만이라도 할 것입니다. 어머님을 잘 모심이 훗날 자식들로부터 받을 대접이라면 그것을 소홀히 해서야 되겠는가. 그런 생각입니다.

집 안에서까지 똑똑한 엄마에게서는 까칠한 자식으로, 밖에서만 똑똑한 엄마에게서는 칭찬덩어리 자식으로, 효도 집안에서는 효자가 난다는 말은 사실일 것이다.

그런 문제에 있어 내 앞에 태풍이 불고, 눈보라가 휘몰아치고, 그 무엇이 다가와 방해꾼이 된다 해도 어머님편에만 설 각오입니다. 그렇지만 그런 각오도 언제 변할지 모르는 강하지 못한 약한 저의 맘을 어머님께서 품어주시고, 응원해주십시오. 그러면 미혼여성들을 향해 외칠 것입니다. 결혼 상대자를 찾으려면 시어머니를 모실 남편감을 찾으라고. 며느리로서의 행복은 거기에 있을 거라고.

하나님 아버지!
시어머님을 잘 모시겠노라고 이렇게 다짐은 하지만, 그렇게는 나를 포기해야 하는 수준까지 가야 한다는 생각에 실천하기가 매우 어려울 것 같아 벌써부터 고민스럽습니다. 그렇지만 "네 아버지와 어머니를 공경하라. 이것은 약속 있는 첫 계명이니."(에베소서 6장 2절)

성경 말씀을 자나 깨나 붙들고 살아가려고 몸부림일 때 제게 용기를 주소서.

하늘의 언어

별들의 노래 듣는가, 그대

날빛과 얘기는 나누는가, 그대

너무 엉터리 물음이라

대답할 수 없다는 건가, 그대

날이면 날마다 그렇듯

별빛 달빛은 밤에서 살고

하루에는 날빛이 산다면

그것들을 고마워했는가, 그대

산, 높아야 산일 것이다

바다, 넓어야 바다일 것이다

기상청 예고도 없던 사랑

기다리는 맘에 다가오는 건가

아들을 바라던 독자 집안

다섯째 딸로 태어나신 우리 어무이

아부지 아침상 차리시느라

부뚜막 다 닳아 없어지겠네

딸아 딸아 내 사랑하는 딸아

시부모님 말씀을 거역 말 거라

어무이 말씀 어김없이 순종하려니

젊음이 이리도 아깝다니요

천근만근일 수도 있는

며느리로서의 현대적 삶

너무너무도 무겁다면

너무너무도 힘들다면

수고하고 무거운 짐 진 자들아

다 내게로 오라

내가 너희를 쉬게 하리다

새벽 기도에서의 말씀

어버이를 잘 모시자

허리를 구부정하게 동네를 걸어가는 사람들은 거의가 아버지일 것이다. 바로 내가 그러니까. 아버지라는 존재.

나이를 먹은 사람이 멋은 무슨, 옷도 대충 입고 머리도 부스스. 남들이 보기에도 볼품없이 엉망이라 친구를 만나기라도 할라치면 아버지, 제 학교 친구예요. 당당하게 말하기조차 싫은 천하게 보이기도 할 것 같은 오늘날의 아버지들. 가정에서는 소비자뿐인 아버지, 아버지로서 그동안 살아온 이력으로 한마디 던질라치면 현실과는 동떨어진 구닥다리 소리로 여길까 봐 아예 입을 꼭 닫고 살아야 할 처지들.

그러니까 아버지가 없으면 좋을 것 같은 사회적 분위기. 이마저도 건강이 괜찮아 어마어마한 병원비가 안 들어갈 경우겠지만, 나이가 70대라면 약봉지가 수도 없이 많을 텐데, 그런 약값은 누가 다 부담하겠는가. 당연히 자식들이 부담해야겠지. 많지도 않은 월급이라 지네들 돈 쓰기도 바쁘다며 짜증도 낼 것 같다.

　그런데도 왜 장수를 누리자고 보약이 생각날까?

　듣기로 아내가 갑작스레 세상을 떠나는 바람에 홀아비로 살아가야 할 형편에 놓인 친정아버지께 제안으로 아버지, 혼자 계시면 안 됩니다. 제가 모실게요. 저와 합쳐 삽시다. 역시 딸이구나, 고맙다. 그렇게 해주겠다는 말에 가진 것 다 딸에게 맡기고 나날이 살아가기는 하지만 내가 준 거로 장사를 하는데 장사란 돈을 벌기도 하지만 거덜 나기도 하지 않은가.

　돈을 번다고 해서 그 돈으로 내 지갑을 채워주는 것이 아니라 사업을 확장하는데 은행 대출까지 하지 않은가. 그러니까 장사를 잘해서 돈을 벌었으니 이젠 돈을 좀 쓰고 삽시다, 하는 애당초 존재하질 않아 노름판처럼 완전히 거덜날 때까지 투자하는 것이 장사이지 않은가.

　친정아버지야 거기까지 알기는 촌로로 착한 딸 말만 믿고 가진 것 몽땅 주고 만 것이 이렇게 후회스럽다니. 장사가 잘 안 되어 손해를 본다 해도 내 돈까지는 손해를 안 볼 건데.

　막내딸 시댁이 너무 멀리 있기에 자주 찾아볼 기회가 없다. 딸도 놀고 있는 입장이 아니라 쉽지가 않아 명절도 아닌 평일에 어린 두 녀석을 데리고 고속전철로 시댁에 간다기에 한마디 했다. 나이는 먹었지만 '카톡'을 웬만큼 하는 편이라 '카톡'으로.

"시어른을 뵈면 그냥 저희 왔습니다. 고개만 끄덕이지 말고 자주 찾아뵙지 못해 죄송합니다. 그런 의미로 시어머니를 꼭 안아 드려라. 그러면 시어머니가 고마워서 눈물이 다 나오실 것이고, 그 장면을 지켜보는 두 녀석은 그것을 배울 것이 아닌가. 그 뿐이겠느냐. 옆에서 지켜보시는 시아버지께서도 우리 며느리 고맙다 하실 것인데 고맙다로 끝이 아니라 동네에 가서 며느리 자랑도 하시지 않을까. 물론 가정사 자랑은 돈을 내고 하라는 말도 듣기도 하겠지만, 시아버지는 살아볼 만한 세상이다 그러시지 않을까 싶다."

그렇게 봐서든 사회생활을 따뜻한 맘으로 해야겠다. 그런 맘이면 홀로 계시는 친정아버지를 그렇게 하지 않을 것이고, 시부모님으로부터 칭찬을 받을 것이 아닌가. 여기에는 큰돈이 필요 없다.

우리 형제들은 물론이고 사촌 여동생(나는 큰집 큰 오빠)까지도 인사도 천성을 타고났는지 어른들에게 인사를 고개만 끄덕이는 일은 거의 없기도 하지만 올해로 73세인 사촌 여동생은 둘째 며느리임에도 시부모님 두 분을 잘 모시다가 천국을 가게 해드렸다. 시장엘 갔다 올 때는 반찬거리만이 아니라 시부모님이 좋아하실 것을 사는 것은 당연으로 했고, 시장에 갈 때도 될 수 있는 대로 시장구경도 하시라고 모시고 가곤 그랬는데 자식들도 보고 자라서 그런지 지네들도 엄마처럼 그런다는 것 같다.

3장

내 님 찾아
9만 리

• 내 님은 왜 안 오시나

다시는 없어야 할 너무도 비참한 이름의 전쟁. 사랑하는 내 님과의 헤어짐, 영영 만나지 못할 줄 알았던 내 님과의 만남을 이루어지게 하시고, 내 곁에서 떠나게 해주신 하나님 아버지. 정말, 정말 고맙고 감사합니다. 그리 말을 하려니 내 영혼도 이 세상을 떠나 천국으로 갈 날이 오늘일지, 내일일지 모르는 그런 시점에서 기억이라고 할까, 고생이었다고 할까.

나이 스무 살에 혼인을 하고 두 달도 안 되게 살면서 아들을 내게 심어 놓고 군대에 간 내 님, 남들은 다 돌아오는데도 어찌 된 일인지 내 님만 소식도 없이 돌아오지 않는다는 말인가.

전사를 했다 해도 전사 통지서만은 있어야 하는데 그마저도 없다면 살아 있다는 증거? 그렇다면 포로로? 포로가 맞다. 틀림없을 것이다. 아니, 틀림없다. 누구에게 물을 필요도 없다. 당장 찾으러 가자! 남조선으로, 남조선으로!

유복자 아들을 들쳐 업고 붙잡히지 않고 용케도 남조선으로 왔다. 그렇게 와서 임을 찾고자 거제포로수용소에 가봤다. 가봤지만 어디서 어떻게 살고 있는지까지는 알 수 없다는 답변만 듣고 허탈한 맘으로 처음 정착지인 인천으로 다시 와서 생각을 해보니 당장 살아갈 길이 막막하지 않은가.

도움을 청할 곳도 없는 남조선에서의 상황. 그러니 임을 찾기보다는 어린 아들과 당장 어쩌겠는가. 우선 굶어 죽지는 말아야지. 그런 생각으로 거리를 나서보니 사람들로 북적거리는 제물포. 제물포는 포구라서 어선들이 들락날락하면서 그런대로 활기차다. 그래, 나도 여기서 빈지럭데기(하찮은 물고기의 전라도 방언)라도 주워 먹고 살자로 주변을 두리번거려보니, 생선 바구니를 머리에 인 아낙들이 어디론가 바쁘게 가지 않는가. 고향에서 봤던 인꼬리 장사(머리에 이고 장사한다는 전라도 방언). 그것만 봐도 그냥 굶어 죽지는 않겠구나 싶어 나도 저 아낙들처럼 인꼬리 장사를 해야겠다.

그리해서 인꼬리 장사를 수년을 했고, 단골도 생겼다. 허름한 집이기는 해도 아들과 단둘이 누울 수 있는 집도 마련했고, 아들은 그동안 커서 엄마가 챙겨주지 않아도 혼자 알아서 밥도 챙겨 먹었다.

그러던 어느 날, 동네 몇몇 분들이 모여 있기에 생선 바구니를 내려놓고,

"금방 잡아 온 생선이니 사시오. 아직 마수도 못했는데 마수걸이로 싸게 드릴 테니 사시오."

누차 말을 해도 물어보지도 않고 쳐다만 보지 않는가.

"아이고, 안 사주니 가야겠다. 머리에다 이어나 주소. 다른 데라도 가게."
건강한 남자가 생선바구니를 이어준다.
머리에 이어주려면 마주 봐지기도 하지만, 야릇한 속셈이면 입맞춤도 가능한 거리.

아니, 이 남자도 내 님처럼 턱 밑에 큰 점 둘?
아니야, 아니야. 그냥 가자. 그냥 가자니 생선 바구니를 이어준 그 남자가 누구인지 너무도 궁금해져 뒤돌아보는데 그 남자는 나를 쳐다보지도 않고 그냥 자기 집으로 들어가지 않는가. 생선 바구니를 내려놓고 다시 가서 아저씨는 누구요? 물어볼 수도 없었다.

찾고 있는 내 님 김삼봉 씨는 누구인가. 보통 가정 6남매 중 셋째 아들로, 성격이 활달해서 친구들도 많아 친구들을 자주 집으로 데리고 오곤 해서 어머니께서는 아들 친구들을 대접하느라 해야 할 밭일도 제대로 못 하셨다고 한다. 또 어머니 자랑을 그리도 하는 맘씨 고운 내 님이 아닌가.

그 후로는 장사를 해도 생선 바구니를 이어준 그 남자가 잠들기 전까지 늘 어른거려, 그 남자 집을 쳐다보기를 그 얼마였던가.

태도로 봐서 그 남자는 직장에 다닐 것 같아, 휴일에는 집에 있을 때를 맞춰 장사를 마치고도 그 남자 집 앞을 수차례 가보곤 했다. 확인해 볼 기회가 주어져 그런 기회를 놓칠세라.

이것이 기적인가

"아저씨, 저 좀 봐요."

주변에는 개말고 아무도 없다.

"아주머니, 왜요?"

"아저씨 이름이 혹 김삼봉 씨 아니세요?"

"맞는데, 왜 그러세요?"

"고향은 함경북도 명천군 삼포도 맞고요?"

"아니, 아주머니가 어떻게 나를…"

"임아, 나야 나! 당신 색시 송을순. 당신을 찾으려고 얼마나 헤맸는데, 얼마나, 얼마나…."

눈물이 그렁그렁, 울음이 금방이라도 터질 것 같은 상황.

우리의 사연을 누구도 모른다. 아무에게도 말 안 했다.

전쟁포로로 붙잡혀 집으로 돌아가지 못하고 이렇게 살아가기는
하지만 그동안의 내 색시, 너만 그렇게 그리웠던 게 아니야. 나도 네
가 얼마나 그리웠는지 몰라. 이게 어떻게 된 거야. 꿈이야 생시야!

"을순아!"

다른 사람이 볼까 봐 큰소리를 낼 수도 없고, 을순이 너와는 중
매 반 연애 반으로 혼인을 한 그런 사이가 아닌가.

누구라도 알면 나쁜 소문 땜에 다들 잠자리에 들었다 싶을 때
몰래몰래 만나곤 그랬지.

"아니야, 이렇게 있으면 곤란하니 너 지금 어디서 사니?"

"나 제물포 삼거리 뒤, 동네 맨 위에 살아."

"그러면 말이야. 내일 저녁때쯤 네 집으로 갈까?"

"아니, 지금 같이 가면 안 돼?"

"그래, 남의 눈이 있으니 여기 있지 말고 저만치서 기다려."

같이 갈 수 없는 시대 상황이기도 했지만, 도시라서 집이 다닥다
닥 붙어 있어서 이웃 사람에게 들키는 날엔 곤란해질 수도 있겠다
싶어 먼저 보내 놓고 을순이 집으로 갔다.

"아, 여기서 살았네. 그리 멀지도 않은 곳인데."

둘은 꼭 부둥켜안고 운다. 언제 그칠지 모르는 울음.

"나는 당신이 얼마나 보고 싶었는데, 얼마나 보고 싶었는데…"

"그래, 그래. 의지할 만한 누구도 없는 남한 땅에서 얼마나 고생했니. 포로로 붙잡혀 어쩔 수 없어 여기에 눌러앉아 이렇게 살아가지만 너를 보니 너무도 미안하다. 너무도."

내 님 얼굴 좀 만져보자. 내 님 얼굴, 임의 얼굴을 두 손으로 만지고, 만지고, 또 만진다. 몇 번이고, 몇 번이고 그동안 그립던 임의 얼굴.

그동안 얼마나, 얼마나 그립던 내 님인가. 누가 우리를 이렇게까지 만들어 놓았나. 6·25라는 전쟁이? 그것들을 탓하기에는 영원히 만나지 못할 줄 알았던 내 님, 내 색시.

"임아, 나를 꼭 안아주어!"

그렇게 말을 안 해도 송을순이 몸은 부서질 같다. 혼인하고서 15년이 될 때까지 맡아보지 못한 내 님의 냄새, 어찌 그립지 않겠는가. 아직 자식 생산 정년기인 삼십 대 중반 나이.

정사가 이루어진다. 더 할 수 없는 정사.

이런 정사에다 토 달 사람 세상에 있을까? 있다면 지금의 마누라? 그도 사람이고 여잔데 그럴 수는 도저히 없겠지. 우리는 불륜이 아니다. 로맨스도 물론 아니고.

"오, 하나님 감사합니다."

뜨거운 눈물. 확 달아오른 몸뚱이.

"임아, 내 몸뚱이 다 가져가, 다 가져가. 다 줄게, 다 당신 거야."

얼마나 그리웠던 내 님과의 정사인가. 임과의 정사 태풍은 그렇게 해서 지나갔지만, 못다 한 사랑. 그런 임의 얼굴에다 얼굴을 비비고, 비비고 또 비비고. 만지고, 만지고 또 만지고.

임아, 우리 이대로 누워서 죽어 버릴까. 송을순은 또 운다.

말릴 수도 없는 언제 그칠지 모르는 울음.

이것이 전쟁인가

- 6·25전쟁이 가져다준 피해 내역

(단위: 명)

구분	전사	부상	실종 포로	계
국군	58,809	178.632	82.318	319.759

연합군	36.991	115.648	6.994	159.583
계	95.800	294.280	89.262	479.342

구분	전사	포로	
인민군	520.000		
중공군	900.000		
계	1.420.000	46.000	1.466.000

구분	피해
사망	373.599
부상	229.625
납치	84.532
행방불명	303.212
피난민	240만
전쟁미망인	20만
전쟁고아	10만

　잘못된 보도로 믿고 싶지만, 북한이 저지른 6·25전쟁으로 인해 이렇게 어마어마한 피해를 당하였음을 도표로 보면서 국가안보 차원에서 군 지휘관감으로 교육 중인 육군사관생도들을 대상으로 우리나라 주적이 어디냐고 설문조사를 해 봤더니 놀랍게도 미국

이 34% 북한이 33%.(2008.09.27.)

미국을 좋아해야 할지는 개개인 성향에 있을지는 몰라도 군 지휘관감으로 교육을 받기는 곤란할 것이니 어떤 방법으로든 사상이 불순한 교육생을 골라내 퇴교를 시킴이 옳을 것 같은데도 그랬다는 보도가 없는 걸 보면 육군사관학교측도 육사생도들과 같다는 건가. 앞에서 소개된 도표를 보듯 6·25가 남긴 비참함은 이산가족 상봉에서 말하고 있고, 연평도 포격사건이 증명했지 않은가. 과거만을 따지자는 아니나 최전방에서 북한을 향해 눈을 부릅뜬 병사들의 어려움도 좀 생각하라.

이런 난리 속에서도 내 님만은 살아남아 나를 이렇게 꼭 안아주다니. 이런 행복을 맛보라고 송을순에게 내려주신 하나님의 은혜는 아닐까. 성 욕구충족만을 위해 들이미는 몸뚱이는 짐승들의 교잡인 것이니.
성은 아름다운 것이다. 그리 말하려면 이런 정도는 알고 말해라. 물론 인간의 성은 그렇게만 해석할 수 없는 또 다른 종족 번식이라는 본능이 있기는 하지만 말이다.

이렇게 해서 마누라가 알아 버린 상태에서 건강한 아들 하나를 더 두었고, 임은 돈을 벌 때까지 마누라와 함께 지낼 수밖에 없었지만, 병이 들고부터는 십여 년을 송을순의 온전한 독차지. 그렇게 해서 김삼봉 씨는 을순이 곁에서 세상을 떠났다.

임아, 내가 당신을 갖고 싶어 기회를 달라고 하나님께 얼마나, 얼마나 기도했는지 알아? 당신을 그리도 만져보고 싶었는데, 꿈속에서도 만져보고 싶었는데. 그런 맘을 하나님께서는 당신을 병시중으로라도 맘껏 만져보라고 보내주셨다면 병시중이 무슨 대수야! 감사한 일이지. 그러니 대변도 소변도 미안해하지 말어. 하나도 미안해할 것 없어. 교회에서도 나는 권사야. 아내로서 남편을 하늘처럼 섬기라고 설교 말씀을 그동안 많이도 들었으니 그 말씀을 마음에 새기고 본을 보여주어야 해.

누구는 다 늙어서 이게 무슨 고생이야. 그럴지 몰라도 나는 아니야. 당신의 병시중은 하나님께서 내게 내려주신 축복이야. 그런 복을 내가 어찌 마다할 수 있겠어.

이 세상 끝나는 날 천국에 가서도 '충성된 종아' 성경 말씀대로 선하게 살았으니 네게 면류관을 주노라. 하나님께서는 그러시지 않을까. 좀 부족한 마음으로 병시중을 했다 할지라도 말이야.

고향을 어찌 잊으리

명절만 되면 어디론가 사라져 버리셨던 아버지.

명절음식을 준비해 놓고 온종일 기다리는 가족들이 있다는 사실을 잊으시고 임진각 망향의 동산에 갔다 오셨다고 말씀하시던 아버지. 그곳에서 식사는 제대로 하셨는지 물어보지도 않았습니다. 오히려 명절날 아버지가 계시지 않는다는 사실에 온 가족은 입을 삐쭉거렸습니다. 아버지가 그렇게도 가보고 싶어 하셨던 고향 땅 평안남도 중화는 지금은 평양시에 편입된 산골 마을입니다. 아버지는 남북 이산가족 상봉이 있을 때면 종일토록 TV를 지켜보셨습니다.

그 모습을 바라보며, 북에 두고 온 친척들을 만나 보는 게 어떠냐고 여쭤보면 아버지는 내가 목사인데 그들을 만나면 오히려 그들이 피해를 받을 거라고 지레 걱정을 하셨습니다. 기독교인이라는 이유로 고향에서 고생했던 기억에 금강산을 구경하러 가자고 하여도 한사코 사양하셨습니다. 그러나 이제는 통일이 되어도 갈

수 없게 되었습니다. 보고 싶고 만나고 싶은 이북 고향 땅 산천과
사람들을 다 두고 떠나가신 아버지!
명절이 다가오니 아버지의 그때 그 모습이 떠오릅니다.
세상 고향은 두고 떠난다 할지라도 하늘 고향에서는 영원한 안식
을 누리시기를.

– 서북교회 담임목사 배경락 –

나는 우리 집에서 아들딸 4남매 중 맏딸. 탈북을 하기 전 얘기로
바로 아래 여동생은 이웃 동네 이창술 씨 댁 장남과 혼인을 했고,
다음 아래 남동생은 고등학교 2학년, 막내 여동생은 중학교 1학년,
세월이 많이 지난 지금 너희는 어떻게 지내고 있는지. 같이 지낼
때는 부모님도 동생들도 그렇게 중한 줄 몰랐고 남한에 와서도 벌
어먹고 사는데만 바빠서 두고 온 고향을 잊고 살았지만, 가정에서
사회에서도 누구도 좋아하지 않는 노인이 되고 보니 몸이 약하신
아버지도 맘씨 곱다고 소문이 자자하신 어머니도 이미 돌아가셔서
안 계시겠지만 언제 어떻게 돌아가셨다는 얘기도 들을 수 없고,
누구에게 물어볼 수도 없어 정말 답답하다.

가끔씩 보게 되는 남북한 이산가족 상봉을 신청하기는 하나, 신
청자가 수만 명이나 되다 보니 나까지는 어림도 없어 신청 자체를
포기할 수밖에 없다. 북한에서는 식량이 너무 부족해 많이들 굶어
죽었다는 말이 들리는데, 진짜인지는 몰라도 진짜라면 시집 간 내

동생은 굶어 죽지는 않고 살기는 했을까? 살았다 해도 지금의 나처럼은 덜할 테지만 노인이지 않겠는가. 그렇지만 시집 장가를 가서 똑똑한 아들딸들을 두고 덕은 보고 살까? 아니면 부모로서의 대접도 못 받고 그냥 살아갈까? 남한처럼 말이다. 형편들은 괜찮은지, 괜찮다면 어디만큼이나 괜찮은지, 고향에서 있었던 일들 모두 마찬가지.

남한으로 올 때도 다들 제대를 하고 왔는데도 남편만 오질 않아 내 남편만 찾겠다는 생각으로 다른 사람도 아닌 부모님께도 말씀 안 드리고 어린 아들만 들쳐 업고 무작정 넘어왔는데 남편을 찾으러 간다고 말이라도 하고 올걸. 이렇게 후회스러울 수가 없다.

아버지, 어머니! 죄송합니다.
동생들아, 미안하다. 정말이다.
이제 와서 미안하다고만 해서야 되겠느냐마는.

이웃집 맏아들 서영준은 나보다 두 살 위였는데 영준이는 나를 맘에 두었는지는 몰라도 열여섯 살 먹은 처녀를 어찌 좋아하지 않겠는가. 내가 말하기는 좀 그렇지만 이웃 아주머니들이 예쁘다고 칭찬도 해주시는 처녀티가 역력한 아가씬데 말이다.
다른 아버지들보다는 몸이 좀 약하신 아버지께서 뭘 좀 도와달라고 영준이를 부르곤 하셨는데 그때마다 영준이는 군말 없이 곧 바로 오곤 했지. 처녀인 나를 보고 싶기도 해서 금방 달려오곤 했으리라는 짐작이지만, 도와달라고 하신 아버지로서는 도와준 영준이에게 고맙다는 표시를 해야겠는데 시골 형편상 마땅한 것이 없어서 그러기도 하셨겠지만 쉬운 대접으로,

"여보, 어제 먹던 막걸리 있어요? 있으면 가져와요"

아버지는 말씀을 그렇게 하셨지만, 어머니는 아버지가 그렇게 말씀을 안 하셔도 막걸리와 술안주는 항상 준비해 놓고 수시로 드리곤 하셨지. 우리 어머니만이 아니라 모두들 그랬다.

"영준아, 이리 와라. 우리 막걸리 한잔 하자."

남의 집 귀한 아들을 불러서 일을 시켰으면 그만한 대가를 지불은 못하더라도 고맙다만 하고 그냥 돌려보내기는 너무 어려워 말씀을 그렇게 하셨으리라. 시골 인심은 간단한 일들이라도 서로 돕고 그렇지 않은가. '그렇지만 고맙다.'로 그만인 어른들의 인지상정이다. 그런 이유는 계산적이 아니라 자연스러운 시골 풍습으로 막걸리 한 사발이라도 마시게 해서 보내는 것이 일을 시킨 사람으로서 맘 편할 것 같아 영준이를 불러 세우셨는데 영준이는 어른 앞에서 술을 마신다는 것은 덩치는 어른 같을지라도 소년을 갓 벗어난 18세 나이지 않은가. 그러기도 했겠지만, 영준이는 여자들처럼 수줍음도 많이 타서 아버지 제안에 "예" 하고 금방 다가가지 못하고 머뭇거리고 서 있는 것을 보시면서,

"어서 와라, 우리는 남자끼린데 막걸리 한 잔이 너와 내가 무슨

흉이 되겠느냐. 어서 와라, 어서. 술은 혼자 마시면 맛이 없는 것이다. 그러니 동무 좀 해 주어야겠다. 어서 와라."

영준이는 마지못해 아버지 앞으로 다가가 권하는 막걸리 한 대접을 마셨다. 물론 그것도 어른 앞이라 활발치 못한 상태로 돌아서서. 또 권하게 되면 그땐 영준이는 도망치듯 그랬다.

내가 김삼봉 청년과 혼인을 했을 때 영준이의 맘은 어땠을까? 맘에 품었던 이웃집 처녀가 다른 청년과 혼인을 해 버렸다면 얼마나 서운했을까? 상상까지는 어렵지 않다.

영준이는 내가 아들을 낳아 아줌마가 될 때까지, 아니, 남한으로 올 때까지도 그냥 총각이었는데 지금은 누구와 혼인을 해서 아들딸을 몇이나 두었고, 지금도 살아 있는지? 아니면 살아는 있는지? 살아 있다면 그때의 청년 모습은 없어지고 노인일 텐데 건강은 좀 어떤지? 자식들로부터 대접은 또?

어디 그 영준이만이겠는가. 한동네에서 같이 살아오던 나보다 한 살 아래인 한소연이도 노인일 텐데, 지금까지도 살아 있을까? 살아 있다면 건강은 괜찮을 것이며 노인 대접은 또 어떨지? 궁금한 것이 한둘이 아닌 데 고향의 사정을 꿈에서라도 보면 좋으련만 반갑지도 않은 엉뚱한 꿈들만 꾸어지다니.

그래, 두고 온 고향을 직접 볼 수는 없어도 마음의 눈으로는 보이는 걸 어쩌랴. 고향을 너무 그리워하는 맘을 두고는 향수병이라

고 하던가. 향수병을 치료하기는 이 시점에서 남북통일 되어 고향
에 가서 묻히게 된다는 그런 믿음은 아닐까.

건넛마을 기와집도 그려진다. 그 기와집 아주머니는 우리 어머
니와 비슷한 연배로 생활형편도 괜찮으시고 마음씨가 여간 좋으신
게 아니었다. 동내에 누구든 애를 낳으면 귀한 쌀 두 되쯤 하고 미
역 한 줄기는 꼭 주시곤 했는데, 내가 아들을 낳았다고 칭찬해 주
시며 "을순아, 너 참 잘했다. 네 남편이 제대를 하고 집에 오면 얼
마나 좋니." 손을 꼭 붙잡아주시면서 기뻐해주시지 않았는가. 처녀
때도 나를 여간 예뻐해 주시던 그 아주머니는 지금은 세월 때문에
어쩔 수 없이 안 계시겠지만, 우리 가정을 그리도 생각하셨다. 우
리 어머니도 물론 그 아주머니를 고맙게 여기셨다.
생각해 보면 모두가 고맙기도 해서 보고 싶다.

시부모님께서는 나를 예쁘게는 몰라도 여간 잘 챙겨주신 게 아
니었다. 다른 집 아들들도 군대에 갔지만 다들 제대하고 돌아왔는
데도 혼인을 한 제 색시가 눈이 빠지게 기다려도 돌아오질 않아 시
어머니로서 며느리를 보기도 미안해서 더 그러셨는지는 몰라도.
그렇게 미안해하시던 시부모님께 아무 얘기도 없이 남한으로 와
버려 얼마나 놀라셨을 것이며 걱정은 또 얼마나 하셨을까.
지 남편이 군대에 가서 오질 않아 애는 타겠지만, 자식을 둔 며
느리가 온다, 간다 말도 없이 갑작스럽게 없어지다니? 이게 어찌된

일이야. 해가 져도 안 들어오고, 혹 바람이 나서 나가버린 거야 뭐야. 애가 없다면야 그럴 수도 있겠다 싶지만, 세 살배기 아들을 둔 애미인데 그렇지는 않을 것 같다. 불길한 생각도 다 들어 잘못되지나 않았을까 해서 산에도 가보고, 여기저기 갈만한 곳이라고는 다 찾아보고, 우리 며느리 못 봤냐고 물어볼 만한 사람은 다 물어봤을 터. 한 달이 지나고 두 달이 지나도 해가 바뀌어도 소식조차 없는 걸 보면 혹 남조선으로? 거기까지는 어림없는 그럴만한 당찬 여자도 아닌데. 군대를 간 아들 소식도 없는 데다 며느리조차도 없어져 버려 시부모님은 얼마나 애를 타셨을까?

"아버님, 어머님, 남한으로 간다고 말씀도 못 드리고 이렇게 와버렸습니다. 아버님, 어머님께는 너무 어마어마한 일일 것 같아 미안해서 그런 말씀을 드리지 못한다 하더라도 누군가에게는 남편 찾으러 남조선으로 갈 거라고 귀띔이라도 해주었어야 하는 건데 그렇지도 못하고 노련한 밤도둑처럼 몰래 와버려 죄송하기는 하나 그때는 그럴 정황도 못 되기도 했지만, 북조선을 탈출하겠다는 것은 혼자만 맘에 품고 죽음을 각오를 하지 않고는 안 되는 북조선 탈출이지 않습니까. 그래서 죽기 살기로 남한으로 왔고, 기다려도, 기다려도 오질 않던 당신의 셋째 아들 삼봉 씨를 남한에서 만나는 기적을 맛보고 살다가 삼봉 씨는 먼저 천국을 가고 저만 이렇게 천국 갈 준비에 있습니다."

이렇게 말씀이라도 드리면 좋으련만 아무 소식을 전할 수도 없게 삼팔선이 가로막고 있지 않은가. 어떤 방법으로든 소식을 전할 수 있다 해도 이제는 돌아가서서 다 소용없는 일.

나이를 먹었다고 찾아 주는 사람이 없어서 그렇기는 하겠지만, 이제는 많이도 외롭다. 그려, 외롭다는 것도 얼마잖아 영원히 잊혀질 것이 아닌가. 인간 수명이 길어졌다고는 하나 나이 구십이 가까워지고 있으니 자식들에게는 무거운 짐일 수도 있을 것 같다.

그렇게 보면 오래오래 살라는 말은 거짓말 중의 거짓말이지만 싫지 않은 것은 왜일까? 죽음이란 끝나는 것을 말함일 것 같은데 때문에 신앙에다 '나'라는 존재를 올려놓고 그 어떤 고생도 참아 내는 것은 아닐까. 말하자면 죽으면 죽으리라는 에스더처럼 말이다. 세상에 존재하는 생물들은 처음이 있으면 마지막은 있기 마련. 곧, 죽음. 죽음은 죽음으로 모든 것을 끝내자가 아니라 새로움을 낳자는 것은 아닐까. 이 세상 생태계 현상으로는….

어떻든 죽음을 두고 울지는 마라. 영원히 헤어진다는 것은 아쉽고 서운해서 그러겠지만. 이것이 인생으로 이젠 헤어질 때가 왔다.

그렇지만 고향에서 죽음을 맞이할 수는 도저히 없는 걸까? 고향에 가고 싶다. 고향이 그립다.

고향 소식만이라도 전해줄 사람 누구도 없을까. 타향에서 죽음은 정말 싫은데 이 일을 어쩔 거나.

하나님 감사합니다

"하나님 아버지, 감사합니다. 정말로 감사합니다. 영원히 못 만날 줄 알았던 내 님을 이렇게 해서 만나게 해주시고 제 곁에서 고이 잠들게까지 해주셨으니. 누구는 이것을 우연이라 말할지 몰라도 저는 그렇게 생각을 안 합니다. 하나님이 제게 내려주신 은혜이고 축복이지. 남편에게는 좀 미안하지만, 그동안 찾아 헤맸던 내 님을 온전히 내 님으로 있게 해주시려고 내 님에게 병을 주신 것은 아닐까요. 하나님 아버지? 내 님은 하나님께서 부르셔서 천국에 가 계시지만, 죽음이 오늘일지 내일일지 모래일지는 몰라도 저도 천국을 갈 건데 그때는 세상에서처럼 헤매지 않고 내 님을 금방 찾을 수 있도록 은혜를 내려주소서."

– 송내사랑의교회 권사님 –

한평생

초승달, 서산으로 기울면

둥근 달도 서산으로 기울 건가

기우는 달, 아무래도 반갑지 않지만

그것들을 인정해야 한다면

그동안 고마웠다고 그래야 할까

임의 품을 그동안 그리워했다

오늘도 내일도 그대로일

나무야 나무야 가로수 나무야

자동차들 맘을 읽어는 봤는지

임이 그리운지를

초승달도 둥근 달도

임을 위해서만 뜨고 지기를

그동안 얼마나 간절했었나

간절한 기도, 응답해주신 주님

내 님 주름, 깊어만 갑니다

고난 많은 한평생이라 말자

내게 주어진 운명이라 말자

처절하게 사는 것 같지만

누구나 마다 못할 인생사요

내게 주어진 평생이라면

4장

청년 시절의
일기장

복을 많이 받은 자의 회고

누구도 싫지 않을 축복, 그런 축복이 감나무 아래 누워만 있어도 잘 익은 홍시 하나쯤은 입 속으로 뚝 떨어지는 그런 기적이 아니라면 지금 하고 있는 일이 비록 힘이 들지라도 재밌어 노력만이라도 해보라. 축복은 그대의 태도에 따라 움직이리니.

그럴 것이라는 생각이 들기까지 전날의 기억.

예수를 믿자마자 교회 일이 재미있어 교회주보도 단위부착물도 부흥회 때는 포스터 제작도 나름대로 그랬더니 교회에서는 일꾼으로, 천성이기는 하지만 동네 어른들에게 인사를 잘했는데, 그것이 어른들에게는 고맙게 보였을까. 모범청년이라는 과분한 칭찬도 들었다.

인사는 자기 인격을 말하기도 하는데 어른들에게 인사는 바쁘게 살아가는 현대시대에서도 나이와 상관없이 잘해야겠지만 이제는 나이가 원만하다는 이유로 인사를 받게 되는 그런 입장으로 우리 가정과 친인척처럼 지내는 한동네 딸내미는 인사를 그냥 고개만 끄덕이는 그런 인사가 아니라 손을 덥석 잡으면서 인사를 한다. 나뿐만 아니라 아는 노인이면 남녀 할 것 없이.

그것이 얼마나 고맙고 예쁜지 집에 와서도 고맙고 예쁘다는 생각에 손을 씻기가 여간 아깝다. 그 딸내미가 지금은 결혼을 해서 귀여운 공주를 두고 있지만, 직장생활에서도 인기 만점 사원으로 최고 사원에게 주는 상까지 받았다면 칭찬을 해주어도 괜찮지 않을까.

영화배우를 선발하는데 출연자들 모두가 고만고만해서 심사위원장은 누구를 뽑을까 고민인데 심사를 마치고 돌아가던 한 출연자는 바닥에 떨어진 휴지를 줍는 것이 그렇게도 예뻐 보여 그 출연자를 영화배우로 세웠다는 얘기가 생각나는데, 이렇게 평소 습관으로 됨됨이를 알 수 있다. 그 사람의 됨됨이는 인사로부터 나오는 것임을 젊은이들은 무시 말기를.

어른들의 칭찬까지는 과분하지만 타고난 천성이라고나 할까 동네 일에는 무슨 일이든 따라 하려는 게 아니라 앞장서려고 그랬다. 그런 모습이 동네분들에게는 열정적인 청년으로 비쳤는지 생활형편으로든 동네에서는 인정을 해드리는 장로님이 새마을운동 교육이 있다는데 거기에 갈 생각은 없느냐고 어느 날 그리 말씀을 하시기에 새마을운동 교육이 생소하기도 해서 무엇인지도 모르고 가게 되었다. 새마을운동 교육 1기생으로 이수를 했지만, 새마을운동 개념조차도 모르는 강사들이 강의를 하지 않는가. 물론 교육을 마치고 나서야 그런 생각이 들기는 했지만 말이다.

어느 강사는 호박 얘기를 하면서 한 마을에 호박 5백 구덩이씩만 심어도 전라남도에서 수확될 호박이 수백만 개, 수천 톤이 될 것이란다. 수학 영재들이나 풀 수 있다는 미적분수학 그런 계산법일까? 구구단으로만 살아가는 농촌 두뇌로는 도통 이해가 안되는 계산법.

세월이 많이 흐른 오늘에서 생각이지만, 그때의 호박 얘기는 농한기 때는 화투놀이 등 그냥, 그냥들 살아가는 삶을 희망적인 삶으로 바꿔보라는 취지였을 것이다. 호박을 심어 농촌도, 국가도 살리자는 게 아니라.(새마을운동 창시는 가나안농군학교였다)

그때의 강의가 그런 의도였을까? 그렇게 하라는 지시로 내려와 저수지 둑 등 그 숫자를 채우느라고 여기저기를 마구 파헤쳐 놓고 호박을 심어 놓은 척만 했지만, 그래도 도시까지 가서 새마을운동 교육을 받았다면 동네분들은 나를 어떻게 볼 것인가? 무거운 생각이 들기는 새마을교육을 받고서 금방이 아니라 며칠 후에서야 그런 생각이 들기 시작했고, 심적 부담은 꿈자리까지도 나타났다.

그래서 마을길을 넓혀야겠다는 설계도가 그려지고, 새마을 가꾸기를 해야겠다는 각오가 생겼다. 그런 각오 앞에, 국가에서는 새마을 가꾸기용 철근 1톤, 시멘트 5백 포대를 무상으로 지원해줄 거라는 말이 귀로 전해져, 구두설계도면을 면사무소에 제출했더니 철근 시멘트를 마을까지 직접 실어다 주겠다지 않는가. 그것도 며칠 내로…

그래서 부랴부랴 동네분들을 모셔놓고, 우리가 힘만 모으면 지금까지의 지게를 버려도 되는 리어카로, 트럭으로, 벼가마 등 짐을 나르는 새로운 시대가 열리게 될 것입니다. 가식이라고는 전혀 없는 순진하기만 한 동네분들 앞에서 약간의 뻥튀기 얘기로 자초지종 얘기를 해서 마을 길 넓히자는 의견까지는 모아졌으나, 문제는 맨손으로는 할 수 없다는 돈, 돈.

이런 돈을 어떻게 마련할 것인가. 우리 마을은 모두가 가난들 해서 십시일반으로 가을에 벼 몇 말씩 내놓기로 하고 그렇게 해서 결과를 만들어 낸 것이 약 8메타짜리 교량 둘, 7백여 메타 거리 차로를 냈는데 그러기까지는 정말 어려웠다.

새마을 가꾸기를 하려면 집 철거를 해야 되는데 그런 문제 등 쓰일 돈을 모으기 위해 한 방법으로 밥걱정만은 없으신 친구 아버지를 찾아갔다. "아저씨, 이번 기회를 놓치면 안 되니 도와주십시오.

○○날 모이시라고 할 테니 아저씨도 오셔서 얼마를 내놓겠다고 먼저 말씀해주시면 좋겠는데 그렇게 하시겠어요." 다짐을 받고 동네분들을 모셨는데 그 자리에서 친구 아버지는 "나는 가을에 벼 한 섬 한 되를 내놓을 테니 여러분들은 더 많이 내놓으시오."

아니, 벼 한 섬 한 되라니요? 한 말도 아니고. 그렇게 말씀을 하신 아저씨 정말 개그 발언이시네요. 좀 웃기는 말씀이기는 했지만, 형편이 어려운 가정에서는 벼 한 말. 이렇게 해서 공사를 시작. 교량공사는 구경도 못 해봤지만, 면사무소로부터 받은 요령책자만으로 교량공사를 해봤는데, 청년들과 연구에 연구를 하며 그렇게 해서 공사를 마쳤다. 44년이 지난 오늘날에도 무거운 트럭도 끄떡없다면 박수를 받아도 괜찮을 그런 교량공사 아닌가.

교량공사야 토지수용문제가 없지만, 단 한 평의 토지도 새로운 가난한 농촌, 그런 형편들이라 나를 아끼시고 응원해주시던 장로님도, 적극적으로 앞장서다시피 하는 청년들도 자기 토지가 거론이 될 땐 안 된다고 그러지 않는가.

그러라는 예상으로 공사하기 얼마 전부터 개개인을 만나 설명을 했고, 마을을 위해 통 큰 맘으로 내놓겠다는 인감도장을 받듯 다짐도 받았지만, 공사 현장의 반발은 농사일에서만 필요한 농기구들도 무기로 돌변하려 들지 않는가.

○○ 아버지께서는 밭이라고는 250여 평밖에 없는데 아무 보상

도 없이 80여 평이 없어져(밭이 길기만 해서) 이해도 되는데 이런 상황
에 부닥칠지도 모른다는 예상은 했어도 상황 앞에서 각오도 흔들
렸다.

　그렇지만 어쩌겠는가. 동네를 개조하자는 취지의 공사인데.

　집 철거도 그렇다. 빈집이 아닌 움막 같은 초가삼간이지만 작은
방은 사위가, 큰방은 장모님이 사는 요즘으로 말하자면 2가구 1주
택이다. 그렇게 살아가는 집을 철거하려면 사위집도 마련해 주어
야 했다. 그나마 다행이라면 다른 동네에 이사할 집 한 채는 있지
만, 또 한 채가 있어야 한다. 궁리 끝에 홀로 지내시는 장모님을 사
위가 모시고 살도록 해서 내보내면 되겠다는 생각으로 합의를 보
기는 했어도 그것으로는 이사를 하기가 곤란하다는 요구가 좀 과
하다 싶은 요구를 들고나와, 그렇다면 요구를 들어줄 테니 이런 사
실은 비밀로 하기로 하고 장모님과 합쳤지만, 새마을 가꾸기란 그
걸로 다가 아니었다.

　오르기 힘든 산은 또 있었다. 이사를 하더라도 무당말을 믿지
않고 그냥 이사를 했다가는 동티는 불을 보듯 할 것이라는 그런
감정. 오늘날에서도 무속인 직업이 알짜 직업인지, 국회의원이 되
고자 하는 인물마다 무속인 집에 문전성시를 이루는가 하면 대통
령이 되려면 명당 사무실부터 찾는단다. 정말 넋 빠진 정신들은
언제나 없어질지. 그런 인물이라고 보도될 땐 사회에서조차도 영

원히 퇴출시켜야 하지 않을까.

시대적 상황이기는 하지만 무당의 말은 딱 믿어버리시는 장모님에게 이사문제는 생사가 걸린 문제일 수도 있다. 그래서 장모님은 당장 무당을 찾아가 물어봤는지 동남쪽으로 이사를 하면 큰일이 난다더라는 것이다. 그러나 집 철거를 하지 않고는 새마을 가꾸기가 안 돼, 여기서는 젊음을 두었다가 어디다 써먹어, 이런 때 써먹어야지. 불도저식으로 밀어붙여 이사를 시켜드리기는 했다.

몇 해 전, 20대 초반 두 젊은이가 잘못되어 마을이 어수선했는데 동네 뒤에다 묘를 몰래 써서 그리된 거라고 여자들이 들고 나서는 바람에 결국은 묘를 파 옮기기까지 그랬는데, 그 과정에서 묘 주인이신 동네 형님뻘 되는 김대자 형님을 너무 밀어붙였는가 싶다.

그랬던 얘기를 여기서 잠깐 하자면 동네 뒤에다 묘를 써서는 안된다는 속설 때문에 묘를 몰래 쓰기는 했지만, 6개월간 동네에 동티가 없으니 이제는 떳떳하게 묘 봉을 지어도 되겠구나, 해서 묘 봉을 짓게 되는데 어른들은 거기서 술 한 잔씩을 얻어 마셨다는 것이다. 그런 이유로 어른들은 묘를 파내라는 못하는 눈치라 하는 수 없이 내가 나설 수밖에 없어 결국은 묘를 파냈지만, 쇠말뚝 여러 개를 묘에다 박아버려 묘 주인은 고발을 하겠다지 않은가. 아무것도 모르는 나를 불러내 가봤더니 어른 네 분, 여자들 십여 분이

묘 문제로 서로 얼굴을 붉히면서 그러기에 "묘에다 쇠말뚝을 박았
으니 고발감은 맞기는 맞네, 뭐. 그러나 논밭을 팔지 않고 이사를
갔으니 논밭 때문이라도 동네에 오게 될 텐데 그땐 맘 놓고 오기는
하겠어? 그러니 알아서 해. 나야 예수 믿는 사람이라 불편만 아니
면 명당이고 평장이고 몰래가 상관없지만 이런 일로 동네가 시끄
러워서는 안 되니 당장 묘를 옮겨. 알았어?"

나이가 나보다 많은 형님뻘 되는 사람에게 명령 같은 말을 다 했
나 싶은데 지금은 팔십이 넘으셔서 건강은 어떠신지 어느 자리에
서든 뵈면 사과 말씀이라도 드리고 싶다. 그분은 세월이 많이 지나
그때 있었던 일을 다 잊고 계실지는 모르겠지만. "대자 형님, 지금
도 건강하시죠? 그때 너무 세게 몰아붙였는가 싶은데 이제라도 사
과의 말씀을 드립니다."

그랬는데 이사를 내보내야 할 집도 강압적으로 몰아붙였다가 잘
못된 일이라도 생기는 날엔 이사를 잘 못해 동티가 났다고 생떼를
쓰지 않을까. 좀 부담스러운 생각도 들기는 했으나 예수를 믿는 나
로서는 새마을 가꾸기에 무슨 얼빠진 미신이 끼어드냐, 어림없다
는 생각이다. 그렇게 해서 이사를 시켰고, 담장도 마당도, 헛간 일
곱 채도 반 토막으로 헐렸다. 길을 똑바로 내려니 어쩔 수 없이 강
압이 있었지만, 독하지 않은 시골맘씨들이라 그때만 잠깐 그랬을
뿐 탈 없이 마무리를 지었는데 그 과정에서 최고집이라는 말도 들

기도 했지만 대통령 표창이라니.

새마을운동 발표회 행사가 있으니 군청강당으로 오라는 연락을 받고 갔더니 "신옥부락 새마을지도자 최영만 씨! 단위로 올라오시오!" 이렇게 말하지 않는가. 물론 혼자만. 표창자로 단위에 오르기는 난생처음이라 기분도 괜찮아 이럴 줄 미리 알았으면 때 빼고 광도 좀 낼걸.

부상으로는 6개월도 채 못 가 발병이 확실히 나버린 탁상시계. 포상금으로는 일금 1백만 원. 포상금만은 다른 면(손불면)과 길 연결 짓는 데 쓸 것이니 혼자만 알라는 면장의 설명, 동네분들에게는 말하지 말자. 이런 얘기를 누구에게도 말 안했는데 "그때를 기억하시는 분들은 물론, 연세 땜에 떠나셔서 안 계신 분들도 그때 그랬었습니다."

농한기라고는 하나 새마을 가꾸기에만 매달릴 수는 없는 농촌 실정 42일간을 새마을 가꾸기 사업에 올인했다면 대단하지 않은가. 새마을 가꾸기 사업을 마치기까지 이런저런 일로 어려움도 있었지만 그렇게, 그렇게 해서 공사를 마치고 그동안 쓰여진 수입 지출면 등 구체적으로 말씀드리고, 준공식은 우리 집에서 팥 국수와 막걸리로 그냥 마무리를 짓는 자리에서 한마디 했다.

"우리 동네 여러분! 오늘로써 새마을 가꾸기 마감 42일째인데 변화된 마을 길을 보시는 여러분들께서도 감격하시겠지만, 저는 눈물이 다 납니다. 제가 명분이야 새마을지도자이기는 하지만 아무것도 아닌 제 말에 어느 한 분도 반대 안 하시고 응원만 해주신 점, 얼마나 감사한지 눈물이 다 납니다. 감사합니다. 이렇게 화물차도 다닐 수 있도록 마을 길을 넓히기까지는 여러분들께서는 동네를 위해 정말 생명과도 같은 논밭도 수십 년을 살아온 정든 집도, 그것도 모자라 돈(벼)까지도. 정말 통도 크게 내놓으셨는데 저도 이 동네에서 태어나 지금까지도 살아오지만, 우리 동네분들 모두는 친인척같이 그렇게들 살아가고 있고 앞으로도 그렇게 살아갈 것이기에 마을 길도 넓혀야겠는데, 그렇게는 도저히 안 될 것 같은 마을 길을 우리는 넓혀 놓고야만 기적과 같은 일을 해냈습니다. 다른 동네분들께서 그러시데요. 길을 넓히려면 그만한 돈도 기술자도 있어야 할 건데 모두가 가난들 해서 무슨 수로 마을 길 넓히겠다는 건지 도통 이해가 안 간다고. 그분들 얘기대로 말도 안 되는 일을 우리는 해냈습니다. 그렇지만 그 과정에서 순리가 아닌 억지도 있었고, 장모님 집으로 합쳐야 되는 김동일 씨 집 이사 비용으로 벼 한 섬 값을 여러분들의 동의도 없이 제 맘대로 더 지불했는데 이점 고백하고 사과드립니다. 일은 이미 시작한 일이고, 장모님 집으로 합치는데 드는 비용만큼은 생각해달라고 버티시는데 일은 해야겠고 어쩌겠습니까. 그동안 많이들 애쓰셨는데 무엇이라도 드리면서 감사했습니다 말하는 게 맞는데, 아무것도 없이 그냥 말로만 인사를 드리려니 새마을 가꾸기에 앞장을 섰던 저로서는 맘이 편치 못합니다. 그렇지만 우리 마을은 지대가 높은 동네라 지게 없이는 생활이 안 됐습니다. 그래서 우리는 힘들게 그동안 살아왔지만, 이제부터는 지게가 아닌 리어카도 화물차도 맘대로 다닐 수 있게 되었는데 생각을 해보면 우리 마을은 한마디로 천지개벽입니다. 우리 동네 아주머니들, 아저씨들, 감사합니다, 감사합니다, 정말 감사합니다."

모래는 여기저기서 경운기로, 자갈은 산에서 주어온 돌을 깨뜨려 만들고 그랬지만 교량공사는 구경조차도 못해봤기에 철근사용법을 아나, 시멘트를 버무릴 줄을 아나.

시멘트를 얼마나 몰랐으면 철근 대신 철사만으로 만들어진 교량 상판구조물을(도량수준) 함부로 밟으면 부서질까 봐 조심조심 올려놨는데 다음날 가보니 역시 부서지고 말았는데 부서진 게 아니라 아예 박살이 나버렸지 않은가. 차가 없음을 보고 모두는 웃고 말았지만, 면사무소로부터 주어진 책자만 가지고 교량공사를 마쳤고 지금도 이상이 없다면 잘한 건가.

그것이 자랑일 수는 없겠으나 고향에 가게 되면 그때의 흔적들이 지금도 나를 반기는 것 같다. 지금은 도로확장공사로 창고가 헐려 지어졌겠지만, 창고에 '신옥부락' 내 글씨가 반긴다.

이렇게까지도 신앙생활을 맛나게 한데서 주어진 면류관이라고 한다면 말이 될까 모르겠는데 때문에 다음 해에는 가난하고, 식구는 많고, 장애인이고, 장남이고, 그래서 장가를 못 간 노총각인데 노총각이라는 딱지도 뗐고(34세) 말도 안 되는 결혼식 주례도 다 서 봤고.(33~34세)『그대의 영혼 어디를 향하고 있는가』이런 글을 다 써 보기도 한다.

고향분들을 생각하면 두고두고 고맙고 감사한 일로 그런 일이 또 있었으면 하는 맘.

나는 그때 행복했습니다. 하나님 아버지, 감사합니다.

고향 생각

하루는 열리고
자동차들은 달리고
웃음들은 꽃피고
한가로움은 여유롭고
고향들을 가는 건가
그대들

전날로 되돌아갈 수만 있다면

엉터리 상상

멀리서지만

비록 멀리서지만

잊지 못할 고마웠던 기억들

이 시점에서 세상 떠난다 해도

아쉽다 하지 않겠지만

여보, 오늘 고향 가요, 한마디면

나 싫다 못 하련만

시간이 모자란 건가

답이 없는 걸 보면

기독교인이면 술은 금해야겠지만

'남자가 술을 마실 줄 모르면 남자가 아니다. 술을 마실 줄은 알
되 술을 마시지 않는 자라야 진짜 남자다.' 좀 재미있는 명언 같기
도 한데 남자는 무슨 일에 있어서든지 분명한 태도를 취해야 한다.
술을 들어 그런 얘기했을 것으로…. 이 같은 말은 술이 없는 사회
란 상상할 수도 없다는 얘기도 되지 않을까.

그러게 보면 술을 신앙적으로 죄악 음료라기보다는 정신을(신앙심
으로는 구분이 되어야 할 거룩 성)흐리게 하게 되는 음료로 술을 멀리하자
는 거고, 일상생활로 음주는 간경화, 음주운전 등 사회에 끼치는 폐
해가 작지 않다는 것을 말할 수도 있겠지만, 술을 마시는 사람들이
그것을 모르고 술을 마시지는 않을 것이다. 나름대로 생각이지만
흥 때문은 아닐까. 삶에서 흥이 없이는 삶이 너무 딱딱하다는 그런
이유도 될 것으로, 그래서든 일상생활에서 무시할 수 없는 술. 흥은
행복의 원천. 행복하자에 술을 개입시키자는 물론 아니지만.

"친구야, 지금 어디야?"

"어디는 어디야, 집이지!"

"그래? 혹 마누라 엉덩이 만지고 있는 거는 아니겠지? 하하."

"야, 뭔 소리야. 마누라는 모임에 가고 없어."

"그럼 마누라도 없이 혼자 뭐하고 있는 거야."

"아니, 직장생활에서 목 잘려 집에만 있는데, 점심 사줄 테니 나오라는 누구도 없어 TV만 보고 있어. 그런데 무슨 일로 전화를 다?"

"아니야. 무슨 일이 있으면 되겠어? 아무 일도 없어."

"그러면 웬일로?"

"아니, 갑준이 친구는 어젯밤에 마누라로부터 거한 대접을 받았는지 발걸음이 그리도 가볍던데, 나는 이게 뭐야? 어디 갈 만한 곳도 없어 방에만 박혀 있으려니 너무도 답답해서 친구와 막걸리 한 잔 하고 싶어서."

"허허, 그래? 아니 쐬주도 아니고 웬 막걸리?"

"그래, 막걸리든 쐬주든 나오기나 해, 기다릴게."

"그래, 눈곱 좀 떼고 나갈게, 기다려. 그런데 어디로 갈까?"

"부개 남부역으로."

그리해서 시시콜콜한 얘기만 주고받다 다음에 또 보자고 헤어졌을지라도 이것이 진정한 사회적 만남으로 그 역할을 술이 제공했다고 본다면 술을 그렇게 금해야만 하는 걸까? 여기서 만남이란 뭘까를 놓고 생각해 본다면 말이다.

"술 한잔하셨네요?"

"그래, 술 한잔했지."

"혹 첫사랑을 만나 한잔한 거는 아니시겠지?"

"뭔 소리여. 그런 첫사랑이 있으면 얼마나 좋을까."

"그러면 누구랑?"

"아니, 친구들 모임에 갔으면 더 놀다 올 일이지, 벌써?"

"당신 혼자만 두고 친구 모임에 간 것이 미안해서."

"허허, 이젠 돈도 못 버는 폐물 남편을. 암튼 무한 고맙소."

"웬, 넋두리 말씀을 다?"

"당신 말대로 첫사랑은 턱도 없고 친구와 한잔했소."

"웬 술을 거하게 마셨소? 술 마시면 안 되는데…."

"그래요, 나 좀 누워 있을게. 잠이 들어도 깨우지 말기요."

"알았으니 어서 주무시기나 해요."

그래, 술을 마시면 안 된다고 그리 말을 했지만 전날처럼 만땅 취하지만 않는다면 남편들이 가장 싫어하는 마누라 바가지. 그런 바가지 아직도 긁지는 않았지만, 앞으로도 긁지 않을 것이다. 남자로서 술을 마신 것이 무슨 죄겠는가.

웬 술을 그렇게 마셨느냐고 짜증을 내고 바가지를 긁는 것이 죄일 수도 있겠지.

그렇게 봐서든 인간사회에서 없어서는 안 될 술. 그렇다면 술이란 어떻게 설명되는 걸까.

행복하자의 조건으로 돈이 절대적이라지만 그러나 그런 틀에만 박혀 살아가서는 힘들 테니 그런 맘들에게 위안을 주는 말을 하자면 그런 이유의 윤활유 같은 술?

우리 남편은 회사에서 쫓겨난 게 아니라 정년퇴직이다. 그래서 퇴직이 억울하지는 않겠지만, 늙으려면 잠자리에서도 건강한 그런 남편이 그동안 가족을 위해 얼마나 고생이 많았겠는가. 사무직도 아닌 건설현장직. 그런 남편을 친구와 술 한 잔 했기로 바가지를 긁을 수는 없지.

그렇다, 수십 년을 가족을 위해 고생은 했지만, 출근길은 남편의 삶. 그 자체이지 않은가. 그런 출근길이 없어졌다면 아내로서 남편을 위해 무엇으로 채워드려야 할지는 크게 어렵지 않다. 맘이 문제지.

"여보, 당신의 월급을 그동안 통째로 내가 다 받았소, 물론 그 돈을 엉뚱한 데다 쓰지는 않았지만, 전날에서는 월급봉투를 건네줄 땐 당신의 어깨에 힘이 실렸었는데 지금은 계좌로 입금이 되기 땜에 말하자면 재주는 곰이 부리고 돈은 왕 서방이 버는 그런 식인. 당신은 돈만 버는 남편으로만 여겼었나 싶어 미안한 생각이 문득 드네요. 그러니 이제부터는 엉터리 마누라만 쳐다볼 게 아니라 첫사랑이라도 있으면 만나세요. 우리가 살면 얼마나 더 오래오래 살겠어요. 싫지만, 우리는 60댄데."

쪽지와 함께 고마워할 만큼의 용돈을 예쁜 봉투에 담아 뒷주머
니에 찔러준다면 남편은 어떤 마누라로 볼까? 남자로서 바람을 피
운다고 해도 마누라 미안해서라도 바람을 못 피우지 않을까.

그뿐만 아닐 것이다. 돈 버는 데 아직은 지장이 없는 몸뚱이임에
도 마누라 덕으로 살려는 그런 엉터리들 말고는 마누라 전용 예쁜
색깔 자동차를 사줄 맘으로 일자리도 찾아 나서지 않을까.

가정의 평화는 아내의 손에 달려 있어서 남편이 아내의 손에 붙
잡히는 날엔 망아지 코 꿰듯 옴짝달싹 못 한다는 점도 아내들은
이해해 둘 필요가 있을 것이다. 가정이란 아내의 다른 말이지 아니
한가.

"나는 누가 뭐래도 당신 남편이야. 바람은 무슨 얼어 죽을."

술을 좋아하는 사람치고 까다로운 사람 별로 못봤다. 웬만한 잘
못은 술 한잔으로 그만이다. 누구는 그런다. 술친구는 가짜친구라
고. 그려, 가짜친구일 수 있다. 그렇다면 그대의 진짜친구는?

그대 그 사람을 가졌는가

함석헌

만 리 길 나서는 길

처자를 내맡기며

맘 놓고 갈 만한 사람

그런 사람을 그대는 가졌는가

온 세상 다 나를 버려도

마음이 외로울 때에도

"저 맘이야." 하고 믿어지는

그 사람을 그대는 가졌는가

탔던 배 꺼지는 시간

구명대 서로 사양하며

"너만은 제발 살아다오." 할

그 사람을 그대는 가졌는가

잊지 못할 이 세상을 놓고 떠나려 할 때

"너 하나 있으니." 하며

방긋이 웃고 눈을 감을

그 사람을 그대는 가졌는가

불의의 사형장에서

"다 죽어도 너희 세상 빛을 위해

저만은 살려두거라." 일러줄

그 사람을 그대는 가졌는가

온 세상의 찬성보다

"아니"라고 머리 흔들 그 한 얼굴 생각에

알뜰한 유혹을 물리치게 되는

그 사람을 그대는 가졌는가

존경스러운 시문임은 인정하나 누구에게나 해당 되는 그런 시문 인가는 생각을 해볼 일로 술친구가 일회용 친구라지만 아무 조건 없이 그냥 만나는 친구가 사회적 친구인 것이다. 헤어지면 그만인. 만나야 할 이유로 만나는 친구는 나 살기 위한 전략적 친구인 것 이고. 어떻든 계산적 친구라도 만나야 친구다. 만남 없이는 친구가 될 수 없다.

함석헌 시문처럼 고고하다고 하는 사람들치고 까다롭기가 이루 말할 수 없음을 어렵지 않게 보게 되는데 별것 아님에도 한 번 틀 어지면 틀어진 그 상태로 천국까지 가려는 심보들. 나이가 들어 침 침한 눈에도 보이는 걸 어쩌랴.

사랑이라는 말을 값없이 하지 말자.

상대가 인정해주는 사랑 말을 하자.

술은 어디까지나 음식이다

가난했던 시절 시골 음식상, 성도로서 목사님께 음식대접은 복된 일로, 동네분들 초대해 음식을 대접해드리곤 그랬는데 교인들이 먼저 먹고 나가고 다음에야 동네분들에게 상이 차려지는 것을 보면서 이건 아니다 싶은 생각에 수정했으면 해서 교회측에 말을 해봤으나 수정은 안 되고 말았지만, 내가 만약 목회자였다면….

"안녕하세요. 여러분들을 이런 자리에서 뵈니 더욱 반갑습니다. 오늘 아침상은 김상돈 집사님께서 차려주신 대접상인데, 농사일만 해도 많이 바쁘실 텐데 언제 이렇게 음식상을 준비하셨는지 상다리는 튼튼한지 좀 걱정도 됩니다. 이렇게 푸짐한 대접상을 받기는 얼마만인가. 김상돈 집사님, 고맙습니다. 맛있게 먹겠습니다. 그런데 김 집사님, 혹 술도 준비되었다면 곤란해 마시고 내놓으십시오.

술을 드실 분들께서도 미안해하지 마시고 드십시오. 저는 목회자이기에 술을 권해드리지는 못해도 하나님께 기도를 한번 해드리겠습니다."

"하나님 아버지, 오늘 아침은 김상돈 집사님 댁으로부터 음식 대접상을 받았습니다. 이런 음식 대접상에 둘러앉은 우리는 먼저 하나님께 감사를 드립니다. 하나님 아버지, 우리는 이런 대접상으로 해서 교회 성도분들도 동네 여러분들도 아주 가까운 친인척처럼 지냈으면 합니다. 물론 농촌이라서 그렇게 살아들 가시겠지만, 살다 보면 이웃 간 불편한 일이 생길지도 모르겠는데 그런 불편함은 없게 하시고, 음식상에 둘러앉은 여러분도 동네분들 가정에도 하나님의 은혜가 충만하게 채워주소서."

그랬으면 얼마나 좋았겠는가마는 아쉬움만 기억되는데 현대사회에서 식당에 자주 가게 되고, 가게 되면 손님들이 많을 때도 있던데 그때는 대표기도 보다는 개인기도로 했으면 한다.
많은 손님들이 식사 중인데, 그 모양새가 좀 아닌 것 같아서다.

그리스도인이 되기까지

60년대 말(28세) 동네 젊은이들이 군대에 가게 된다고 해서 잘 갔다 오라는 송별주가 있었다. 그날따라 술을 마실 친구가 없어 내가 다 마셨는가 싶은데 술이란 취하기 위해 마시는 거지 뭐 딴 게 있겠어. 순엉터리 생각으로 마구 퍼마신 술이 정신을 잃어버리기까지. 쌩 술(술에 있어 초년생을 두고 하는 전라도 방언)은 아무리 많이 마셔도 정신만은 말짱하다는 그동안의 이론이 술이 깬 다음 날 거울을 보고서야 비로소 틀렸음을 알고서는 세상을 이렇게 살아서는 안 되지. 그런 생각이 번뜩 들어, 그래, 오늘 이후부터는 술은 물론 담배도 완전히 끊어버린다. 그렇게 해서 술 담배를 끊게 되었는데 담배를 피우는 것이 오늘날에서는 건강에 손해가 된다 해서 사람들마다 새해 다짐으로 담배를 끊겠다. 다짐을 하고 끊었다가도 며칠 못 가 다시 피우게 된다는 말을 듣곤 하는데 담배 끊을 용기도 없이 무얼 하겠다는 것은 실패 확률이 95%나 될 것이다. 남자는 자존심에 살고, 배포로 산다. 그러니 당당해라.

부활주일 저녁예배에 참석을 했는데 '삶의 목적' 설교 제목이 눈에 띈다. 아니, 이건 나를 향한 설교가 아닌가. 이런 설교를 우연으로만 받아드리기에는 나는 앞으로 어떻게 살아가야 할 것이며 기독신앙이란 또 어떻게 설명되는 건가를 놓고 신앙에 관한 서적들을 보게 되었고, 그렇게 해서 신앙생활에 열심을 냈고, 교회일꾼으로 인기를 맞나게 먹으면서 신앙생활을(성도는 300여 명) 하던 중에 기혼자도 아닌 청년이 결혼식 주례를 여섯 차례나 서게 되었는데 지금 생각을 해봐도 말도 안 되는(총각) 애들 소꿉놀이도 아니고.

이런 사례는 그 어디에도 없었을 것 같다는 미안한 맘이지만, 그렇게까지는 친구 동생 결혼식 주례자 문제로, 날짜도 예식장도 다 잡아 놓고 목회자께 주례를 부탁했지만, 신랑 신부가 다 신앙인이 아니면 목회자로서는 곤란하다는 말에 결혼식 날짜는 바짝 다가와 내일 모렌데 어떻게 해야 할지 몰라 쩔쩔매는 친구더러 그래? 그러면 내가 서지 뭐. 말도 안 되는 결혼식 주례를 서주겠다고 다 했고, 친구도 다른 방법이 없어 그러자고 해서 결혼식을 치렀는데 첫 번째 주례에서는 신학생인 고종사촌 동생이 사회를 맡고, 그렇게 해서 결혼식을 마쳤는데 그때의 2년간은 결혼식 시즌이었을까.

목회자로서는 주례를 설 수 없다 해서 하는 수 없이 결혼식 주례를 서곤 그랬는데 여섯 번째 결혼식 주례에서는 건장하시고 틀도 좋으신 하객분이 후닥닥 단으로 올라오시더니 "저리 비켜!" 언제 봤다고, '요'자도 안 붙이고 하객들이 놀랄 만큼 큰 소리로 끌어 내리다니.

너무도 황당했지만, 직감적으로 목사님인 줄을 알고서는 신성한 결혼식 자리라 싸울 수도 없어 그냥 내려오기는 했지만, 너무도 창피해서 한쪽에서 구시렁대다 결국에는 결혼식이 어떻게 치러지는지도 안 보고 그냥 버스를 타버렸는데 내 성깔도 순한 편은 못돼서 그 후로부터는 목회자가 미워지기 시작.

"그때의 목사님, 당시의 연세로 사십 대 후반쯤으로 지금도 건강하시다면 90세가 넘으셨을 텐데 그래서는 곤란하지 않은가요?" 43년이 지난 지금 와서 생각을 해봐도 그때의 목사님은 목회자가 아니라 목회자 탈을 쓴 전과자 깡패는 아니었는지?

그렇지 않다면 밖에 잠깐 나가 계시다 예식이 끝나는 대로 들어와 새파란 젊은이가 주례를 서게 해서야 되겠는가. 신랑이 섬기는 교회 목회자를 향한 얘기를 지인들과 하든지 그러실 일이지, 수많은 하객들이 쳐다보는 자리에서 젊은이를 무지막지하게 끌어내려서야 목회자로서 어디 대접을 받을 수는 있겠는가.

한마디 덧붙인다면 신랑이 섬기는 교회 목회자는 한쪽만 신앙인이라 주례를 서줄 수가 없다면 미안하다는 말과 방법으로 주례자를 찾아주었어야 했음에도 아무 대책도 세워주지 않고 그냥 돌려보내서는 신앙 가족이 아닌 생각들은 목회자를 어떻게 보았겠는가. 다 지난 전날 얘기지만 반성을 해야 할 일로 조심스러운 얘기지만, 목회자의 자격은 윤리 도덕적으로 예수를 믿고, 사람이 된다음에 목회자가 되든지, 그러라는 것이다. 성경 지식만으로 목회자가 아니라.

목회자들께서는 이 말을 평가 절하 마시고 예수님은 어떤 분이신가? 하는 것은 목회자 모습에서 본다는 점도 무시하지 말았으면한다.

전날이 아닌 오늘날에서야 그렇지는 않지만, 신앙인이냐, 아니냐를 구분 지어 주례를 서준다는 것은 성경적으로도 맞지 않고, 주례사도 설교가 아닐 텐데 성경 말씀을 들어 하와는 아담의 갈비뼈로 신부가 신랑 섬기기를 교회가 주님을 섬기듯. 시대와 동떨어진주례사는 아니다. 그런 주례사를 귀담아듣는 신랑 신부도 물론 없겠지만 말이다.

결혼식 주례사

오늘은 하나님께서 이 자리 선 신랑 신부에게 내려주신 생애 최고 축복의 날입니다. 이런 축복의 날에 신랑 측, 신부 측 양가와 하객들이 결혼식 축하 박수를 쳐주기 위해 바쁜 일상임에도 일손을 잠시 멈추고 이렇게 참석을 하셨는데 이런 결혼식 자리에서 신랑 신부가 가슴 깊이 간직해야 할 덕목이 있는데, 그것이 무엇인지에 대한 결혼 축하와 함께 주례자로서 얘기를 하고자 합니다.

그러니까 신랑 신부는 지금의 기분이야 입이 귀에 걸릴 만큼 좋겠지만, 듣기에 고약한 말로 들릴지 몰라도 결혼에 관하여는 서로가 본심을 감춘 사기꾼들인 것이다. 본인들이야 무슨 말을 그렇게 하느냐고 할지 모르겠지만, 그렇다는 사실이 들통 나기까지는 오랜 시간이 필요치 않다. 앞으로 두서너 달? 아니면 몇 주면 충분할 것인데, 오늘날은 그렇다는 사실이 들통이라도 나는 날엔 야구 운동용어로 삼진 아웃제도 아닌 원 아웃제인 단칼로 무 자르듯 이혼까지 가버린다는 정말 안타까운 소식도 듣게 됩니다.

그렇다는 점에서 보면 결혼까지의 사랑은 법적으로도 아무 부담이 없는, 그러니까 진심이 아닌 낭만적인 콩깍지 사랑이고, 결혼이후부터의 사랑은 태풍이 불고 눈보라가 휘몰아칠지라도 배우자를 위해 내가 죽어줄 수도 있다는 그런 진심 어린 가슴 사랑인 것입니다.

여기에는 신랑 신부만이 아니라 양가 부모님은 물론, 친인척으로 연결되는 대사건인데 이것을 두고서는 대사大事라고 말하지요. 이렇게 결코 작지 않은 결혼임에도 사회적으로도 도저히 용납이 안되는 부모 형제도 무시한 채 철없는 어린 애들처럼 언제 결혼했느냐는 듯 점을 하나 꾸욱 찍어 버린다면 그로 인해 시부모님, 장인 장모님, 더 나아가 시삼촌, 처남, 처제 등 친인척처럼 여겨 왔던 사돈관계, 이런 인륜적 관계는 앞으로 어떻게 되겠습니까. 결혼이란 신랑 신부 당사자만이 아님을 앞에서 말한 대로입니다.

오늘 신랑 신부야 그런 걱정을 안 해도 되겠지만, 신랑 신부께서는 귀담아들어 명심하시기 바랍니다.

결혼이란? 그동안은 '나'라는 개체적 존재였다가 성인이 됨으로써 사회가 인정하고, 부모님께서 허락해 한 가정을 세우게 되는 포고적형식布告的形式이 곧 결혼식인 것입니다. 그러니까 내가 세상에 태어났다는 함성 후 이제부터는 가정을 이루고 살겠습니다가 두번째 함성이지만 결혼은 거친 파도 위에 올려진 조각배 같은 위태로울 수도 있는 생애에서 처음이자 마지막인 것이 결혼식인 것을

알아야 합니다. 결혼까지는 서로가 맘이 맞고 양가 어른들의 상견
례로 해서 신랑 신부라는 자격으로 하객들 앞에, 주례 앞에서 기
쁠 때나 슬플 때나 변치 않고 살겠다고 다짐을 했다면 그러면 누가
뭐래도 부부의 정을 쌓으며 보란 듯이 행복하게 살아가야 함에도
그렇지 못하다는 소식을 들을 땐 가슴이 저리기도 합니다. 결혼
실패 얘기를 들으면 객관적 요인이 아니라 말도 안 되는 성격 탓을
들고나온다는 것이 대다수인 것 같습니다.

　부모가 결혼했던 전날로 보면 부모로서는 기절초풍할 일이요,
억장이 무너질 일이 아닐 수 없는 일로 이혼을 성격 탓이라고 한다
면 세상에 똑같은 얼굴이 없듯 성격 또한 맞는 부부는 어디에도
없을 것이며 있어서도 안 된다는 것이 결혼학개론입니다.
　그렇다는 점으로든 상대를 인정해 주려는 상당한 용기가 요구됨
에도 아무짝에도 쓸데없는 이기심에 갇혀 헤어나지 못해서야 어디
진정한 결혼이라 하겠습니까.

　결혼도 내가 좋아서 결혼을 하는 거고 이혼도 내가 싫어서 이혼
을 한다면 양가의 허락이 무슨 의미가 있으며 결혼 축하 박수가
왜 필요할까요, 나 살기도 바쁜 세상에. 물론 현대사회에서 이혼이
그렇게까지 뭇매 맞을 일이 아닐지라도 이 같은 착각에 빠진 결혼
식이어서는 그 누구로부터도 환영받지 못할 뿐만 아니라 본인들도
행복의 나라로 나아가기는 희망적이지 못하다는 것을 분명히 밝혀

둡니다.

　앞에서 말한 대로 그동안 번갯불 튀기듯 그런 사랑은 어제까지고, 오늘 이 시간 이후부터는 흠이 보여도 눈을 감아주고, 잘못이 보일 때는 덮어주고, 힘들어할 땐 힘을 북돋아주는 그런 부부로 살아가야 한다,가 주례의 생각입니다. 이렇게 말처럼 쉽지는 않겠지만, 맘만 먹으면 얼마든지 가능한 일로 내 주장이 옳다고 하더라도 상대를 위하겠다는 바다같이 넓은 아량으로 결혼생활에 임한다면 행복이라는 파랑새는 머리를 곱게 빗고, 볼에 연지를 바르고, 입술에는 립스틱을 칠하고, 만면의 밝은 표정으로 다가올 것이 눈에 보입니다. 신랑 신부께서는 지금이야 그럴 것으로 믿지만, 그런 부부가 되기까지는 적어도 십 년이라는 기간이 필요하다는 점도 기억해 두어야 합니다. 따라서 부부로서의 사회적 의무도 지고 있음을 기억하시길 바랍니다. 이렇게 하겠다는 각오로 살아가는 신랑 신부가 되시기를 바랍니다. 고맙습니다.

주례자 최영만

5장

교사와
선생님

교사는 직업이 아니다

교사는 교단에서의 의무를, 선생님은 학생들에게 인성까지를, 교단에서 최선을 다하시는 선생님들을 향해 이렇게 말을 해도 될지 모르겠다. 오늘날에는 학생들을 가르치기가 너무 어려워 선생 노릇도 못해 먹겠다는 볼멘소리도 들려서다.

그렇다. 많고 많은 직업들 중에 어렵지 않은 직업이 있을까 몰라도 선생님의 본분은 학생을 가르치는 지식 전달자이기도 하지만 학생들의 인성을 길러주는 역할도 해야 하는 무거운 짐도 동시에 진 그런 직업이지 않은가. 그렇게 보면 선생님은 지식으로만 아니라 뜨거운 가슴으로 교단에 서기를 바라는 맘에서 그동안의 생각을 여기에다 한 번 올려 보고자 한다.

교사로 교단에 서 있기는 하나 교단 상황은 녹록지 않아서 수업 시간마다 말을 안 듣는 장난꾸러기들과 싸워야 한다면 학생들을 가르친다는 선생님으로서의 뿌듯함보다는 수업시간이 두렵기도 하고, 화도 내고 싶을 것이 아닌가. 그렇지만 화를 낼 수도 없는 어디까지나 선생님. 그런 선생님이지만 령이 서지 않는다면 교육 차원으로 체벌은 당연하지 않겠는가. 학교에서의 체벌은 항상 감정이 실리기 마련이기에 그런 문제로 학부모님들과의 불화가 있게 된다 해서 체벌을 금하자는 교육 당국의 지침이라는 것 같은데, 지침이 아니라도 선생님으로서의 체벌은 전혀 교육적이지 않다는 것이 그동안 나의 생각이다.

그렇다를 선생님들도 어찌 모르겠는가.

"우리 딸 맥스야, 이 아빠 기분 얼마나 좋은지 알겠지?"

'마크 저커버그'와 '프리실라 챈' 부부가 딸 '맥스'를 출산했다. 그런 이유로 한 기부는 아닐 테지만 52조 원을 기부했다는 보도는 한마디로 어마어마해서 그 돈이면 인구 100만 명이 살 수 있는 명품도시 한 곳쯤은 건설도 가능하지 않을까?

선생님이지만 그런 학생들을 내 소신껏 가르칠 수는 도저히 없을 것이 아닌가. 아니, 52조 원을 기부한 사람만큼은 아닐지라도 공직에서 높으신 분들의 자녀들에게도 조심조심 아주 조심 그러지 않을까. 그런 자식들은 귀여움을 넘어 보물로까지의 대접이라면 선생님이 아니라 그 누구도 조심히 다뤄야 하는 보물의 철칙. 그런 부모를 탓할 수만 없는 오늘의 사회에서 어린이는 성장하고 있지

아니한가. 걱정스러운 일이지만, 그런 학생들을 선생님이라는 자격
으로 체벌이라니.

내 딸을 내 아들을 누가 감히.

'너+나=우리' 이런 아름다운 의미가 삭제된, 아, 내 것이라는….

그렇게 보면 선생질도 못 해 먹겠다는 말이 나올 만도 하다. 학
생들의 학습태도가 그렇게 되기까지는 빠르게 찾아온 산업화가
그 이유이기도 하겠지만, 그것을 조절 못 한 기성인들의 업보라면
업보로, 이제 와서 어쩔 수 없다 할지 모르겠으나 산업사회에서도
무시되어서는 안 되는 윤리 도덕이 있는데, 그런 윤리 도덕이 돈
때문에 설 자리가 없어서는 안 된다. 거기에 선생님이 서 계시는
것은 아닐까.

그렇다는 점에서도 선생님으로 대접을 받을 만큼 애를 쓴다면
지금이야 장난꾸러기들이지만, 훗날 멋진 인물들로 서 있을지 누
가 알겠는가. 그럴 것으로 믿어지든, 안 믿어지든, 선생님은 학생들
의 정신세계까지도 바로 세우겠다고 가르친다면 보람은 연금보험
성격으로 다가올 것이라는 것이 그동안의 생각이다.

선생님은 따뜻한 품이다

　1962년도에 감명 깊게 봤던 '와룡선생 상경기' 영화 얘기다. 시골 중학교 교장 선생님이 교직에서 퇴임하시고 무슨 일 땜에 서울에 오시게 되었는데 그 선생님으로부터 가르침을 받았던 제자들이 어떻게들 알고 찾아왔는지 모두다 전날의 장난꾸러기들만이 아닌가. 공부도 잘하고 말도 잘 듣고 착했던 제자들은 단 한 명도 안 보이고….

　물론 영화 얘기이기는 하지만 오늘날에서도 틀리지 않다면 선생님들은 참고로, 공부도 잘하고 말도 잘 듣는 학생들을 내세우기보다는 성적이 좀 낮거나 장난꾸러기 학생들에게 관심을 쏟음이 선생님으로서의 본분임을 절대로 해야 하지 않을까.

　'우리 학교 홍길동 학생, 서울대학교 법학과 합격!'

　현수막으로 교문에 내걸렸다면 서울대학교 법학과 합격한 학생

개인이야 기분이 좋을지 몰라도, 지망 학교에서 탈락한 학생들의 맘을 학교나 선생님들은 헤아려는 봤는가?

"길동아, 너를 보면 담임 선생님으로서 고맙고 자랑스럽다. 교문에 내걸린 현수막은 학교 명예도 되겠지만, 내 제자라고 생각하니 선생님의 어깨에도 힘이 실린다. 그렇지만 길동아, 지망 학교에 탈락한 학생들을 보면 내가 잘못 가르쳤나 싶어 미안한 맘이다. 그러니 일주일 내내 걸어 놓지 말고, 금방 내려놓으면 어떨까 싶은데 네 생각을 어떠니?"
선생님은 이래야 하지 않을까.

그래, 죽어라 공부한 결과이니 다른 학생들도 공부를 잘하라는 독려 차원일지는 몰라도, 학교 측이나 선생님으로서는 그건 아니지 않은가. 그렇게 봐서든 선생님들께서는 수업시간에 말썽을 부리는 학생이 있다면 수업 질서 차원으로 신문지를 돌돌 말아 정강이를 서너 차례 때리는 척하든지, 아니면 노래를 시키든지, 그렇게 하면 수업 분위기는 확 달라질 것이 아닌가. 아니, 현장을 모르는 어림없는 이상 세계에서나 가능한 발상이라고 할까. 인정하고 그런 방법으로 체벌을 한다고 해도 거기에는 따뜻한 맘이 필요한데 그런 맘이 부족해서는….

"선생님, 우리를 정말 웃기시네요. 진짜 개그시네요."

학생들은 어른들의 추측을 뛰어넘어 선생님들의 속맘까지를 거울을 보듯 할 것이 아닌가. 그렇게 봐서든 선생님들께서는 따뜻한 가슴을 학생들에게 내보이는 것을 당연으로 하라! 그래야 선생님으로서 령이 설 것이니.

체벌은 자기 무능을 말함이다

조그마한 암자에 홀로 지내던 스님이 어느 날 점심시간에 고라니 한 마리가 절간 마당까지 내려와 어슬렁거리기에 먹을 것을 던져주었더니 깜짝 놀라 도망갔다가 다시 와서 던져준 것을 먹기에 다음 날에도, 또 다음 날에도… 매일 그렇게 해서 만지기까지 했지만, 늙은 몸이라 얼마 지나지 않아 죽을 것 같다는 생각이 들어 내가 죽은 후에도 지금처럼 맘 놓고 찾아왔다가는 사람에게 잡아먹힐지도 모르겠다 싶어 이제는 오지 말라고 작대기를 휘둘렀더니 다시는 안 오더란다. 고라니는 어디까지나 짐승이 아닌가. 그러기에 말로는 통할 수 없어 작대기를 사용할 수밖에 없었겠지만, 사람은 고라니가 아니지 않은가.

그렇다면 학생에게 체벌은 선생님 스스로의 무능을 드러내는 일로, 아무리 부아가 치밀어도 체벌은 절대로 안 된다. 교육 차원의 체벌이라고 할지라도 말이다. 체벌로 가르친 학생이 바르게 성장할 가능성은 별로 없으리라는 것은 일상생활에서도 어렵지 않게 볼 수 있다. 그렇게 봐서 교사는 한 인간을 바르게 세우는 선생님이다. 분명 훗날에도 대접이 주어질 것이다.

자녀가 있다면 스승으로 사시는 부모님의 모습을 보면서 자녀들은 성장할 것이 아닌가. 공부도 머리로 하는 게 아니라 따뜻한 분위기에서 한다고 보고 학생을 가르치는 선생님이기를 바라는 맘이다.

제자는 만남의 대상이다

졸업을 앞둔 고3 선생님이라면 학생들을 밖으로 (태안이나 실미도 정도) 데리고 나가 점심을 한 번 사주어라. 물론 선생님들은 유리 지갑일 것이기에 지갑 사정을 고려해서 1만 원짜리 정도로. 그것도 학생이 30명일 경우 버스라도 대절해야 할 텐데, 늘 있는 일이 아니라면 맘먹고 한 번 쏘면 학생들은 어떻게 생각할까. 비용으로 1백만 원 정도면 되지 않겠나 싶은데 1백만 원은 큰 부담일까. 그래도 그 정도는 투자로 해도 괜찮지 싶은데 말이다.

훗날 어떤 형태로든 맛보게 될 가치 있는 투자. 아니, 당장 맛보게 되는 감사해 하는 학생들의 모습. 생각만으로도 얼마나 흐뭇한 일인가. 돈으로는 해석이 안 될 흐뭇함. 선생님이 아니면 맛볼 수 없는 흐뭇함. 선생으로 서 있다는 것이 얼마나 감사 한 일인가, 하나님 감사합니다.

그런 맘으로 학생들을 가르친다면 선생님으로서의 흐뭇함도 학생들이 느끼는 행복도 주어질 것이다. 그렇게 본다면 1백만 원 정도의 투자는 괜찮지 않겠는가. 항상 찾아오지 않는 기회. 이런 기회를 살린다면 스스로의 삶도 살찌게 할 것은 분명해진다.

선생님과 제자의 관계, 제자와 선생님의 관계, 그 무엇과도 비교할 수 없는 고귀한 관계. 하나님께서 그렇게 하라고 말씀하신 사랑의 관계. 훗날 가르친 학생들로부터 대접도 받을….

선생님은 노동자가 아니다

학생 여러분들 중에 선생님으로 나아갈 생각이라면 윤리 도덕을 절대로 지켜야 할 텐데, 오늘날에는 그렇지 못하다는 말을 들을 땐 윤리 도덕을 가르치는 선생님 입장으로서 안타깝기 그지없다. 물론 사회생활에서 물질 문제와 출세 문제를 따로 떼어 놓고 말할 수 없는 연결고리로 되어 있기에 출세도 물질도 어쩔 수 없다 하더라도 나는 선생님인가를 거울 앞에서 살펴봐야 할 것이 아닌가. 선생님이라는 위치는 매우 조심스러워야 한다는 것을 한시도 잊지 말아야 할 것인데, 어찌된 일인지 선생님이라는 호칭을 내팽개치듯 스스로 노동자라는 깃발을 높이 쳐들고 거리를 행진하다니. 보무도 당당하게!

 자기 생각을 맘대로 펼칠 수 있는 민주사회에서 정부를 향해서 삿대질을 못 할 이유는 없다 할지라도 말이다.
 깃발을 들 거면 깃발 명칭만이라도 '교육 개혁 단체'라든지 말이다. 그런데도 선생님이라는 고귀한 명칭을 내팽개쳐서야 되겠는가. 말을 더하자면 선생님이 아니라는 정신들에게 정부로서 무얼 해주겠는가. 해줄 수 있다면 몽둥이찜질밖에 더 있겠는가. 지나친 말이라고 할지는 몰라도 말은 바로 해야겠다.

 이런 말을 누군가에게 말하고 싶었지만, 이런 얘기를 들을 대상도 그럴 만한 기회도 없어 못 하고 학생 여러분들에게 넋두리처럼 했으니 이해해주길 바란다. 그리고 졸업 후 어느 장소에서든 만나게 되면 모르는 척은 말거다. 그리고 고교동창이라는 모임도 가져라. 시집 장가도 늦게까지 머뭇거리지 말고 어서어서 들어, 결혼식 때는 선생님 기억도 해주면 고맙겠다. 학생 여러분들과는 이 시간을 마지막으로 헤어지게 되지만 그동안 고마웠다. 잘들 가거라. 나의 제자들아, 파이팅이다!

　서운해 하는 진정한 눈물은 심장을 요동치게 할 것으로 헤어질 땐 학생들 한 명, 한 명을 꼭 껴안아 주어라. 남학생일 경우 두 손으로 얼굴을 따뜻하게 만져주고, 남자 선생님이라면 참고로 하고 이래야 선생님이다.

　훗날 대접상도 어떤 형태로든 내 앞에 차려질 것이다. 그렇게 어렵지도 않을 것 같은 선생님의 몸짓. 생각만으로도 멋진, 내가 그동안 그려봤던 선생님의 상.

선생님의 마지막 수업

　학생들아, 오늘 점심은 선생님이 큰맘 먹고 한 번 쐈는데, 맛은 어땠는지 모르겠다. 학생 여러분들이야 생각지도 못한 점심을 먹었다. 그리 생각할지 모르겠지만, 선생님은 오늘을 기다렸다. 학생 여러분들과 1년을 함께한 담임 선생님으로서 여러분들에게 야단을 많이도 쳤나 싶어 미안하기도 하고, 그동안 많이 정들었는데 졸업 때문에 헤어지게 된다는 서운한 맘이 점심을 사게 했나 싶기도 하다.

　학생 여러분들을 진정 사랑한다면 더한 것을 사주어도 괜찮겠지만, 선생님도 한번 폼나게 살아보겠다고 저축을 무리하게 하다 보니 더 이상은 지갑이 허락을 안 해주어 이 정도지만, 학생 여러분들과 함께한 선생님으로서 바라는 맘만은 커서 학생 여러분들은 사회에서 필요로 하는 큰 그릇들로 서기를 바라는 맘 간절하다.

저 인물이 바로 고등학교 때 내가 가르친 제자야. 그런 자랑 말이다. 그런 자랑은 훗날 맛볼 것이지만 학생 여러분들과는 며칠 후면 졸업이라는 이유로 헤어지게 될 텐데, 그동안 군말 없이 잘 따라와 주었건만 때로는 딴짓만 한다고 야단도 치고 그러지는 않았나 싶기도 해 미안도 하다.

공부에 있어는 솔직히 학생 여러분들은 선생님을 보고 공부를 하지 않았을 것이 아닌가. 시대 상황으로 봐 공부는 학교가 아닌 사설 학원에서 이루어졌을 것이고, 학교에서는 보충수업 같은 수업을 했으리라.

그것이 핑계라면 핑계일 수도 있겠지만, 수업에 있어서는 선생님으로서 최선을 다했는가는 미안하지만 퇴근시간을 기다리기도 여러 번이었다. 때로는 가정에서 있었던 복잡한 일을 학교에까지 들고 와, 말을 잘 안 듣는다고 부아도 냈나 싶기도 하다. 학생 여러분들이야 그것을 기억하고 있지는 않겠지만 말이다.

그래, 어떻든 우리는 아쉽지만 헤어질 시간이 점점 다가오고 있다. 학생 여러분들은 제각기 다른 대학으로 가거나 그냥 생활전선으로 뛰어들지도 모르겠지만, 생활전선으로 뛰어든다면 본인 선택이든 마지못한 선택이든 내게 주어진 직업으로 알고 잘나가는 형편들 앞에서 의기소침하거나 절대로 기죽지는 말기다.

지금이야 비록 보잘것없는 직업이지만, 머잖은 날에 누구로부터도 인정받는 당당한 사회인이 될 테니 두고만 봐라.

그런 각오로 임한다면 바람의 기대는 생각보다 더 빨리 올지 누가 알겠는가. 여기에는 학벌이 문제가 되지 않는다고 선생님은 본다. 나는 해내고야 말 것이다, 두고 봐라! 이런 각오면 말이다.

"하나님 아버지, 교단에 선 선생님으로서 그동안 무엇을 가르쳤고, 어떤 모습을 보여주었는지 생각이 잘 떠오르지는 않지만 잘 가르쳤다고 말하기에는 학생들 앞에서 미안한 맘입니다. 학생들이야 선생님이 잘 가르치고, 못 가르치고는 뒤로 하고 지네들 나아갈 일만 생각하고 있겠지만, 선생님과 제자, 제자와 선생님. 얼마나 고귀한 관계입니까. 저에게 이런 관계를 가지게 해주신 하나님 정말 감사합니다. 제가 가르친 학생들은 이 시간을 마지막으로 헤어지게 되는데 헤어지는 학생들은 사회에서 없어서는 안 될 필요한 그런 인물들로 세워주소서!"

침묵

월요일날 교문은 열렸다

학생들과 나

만남 앞에서의 내일

엄마야, 아빠야

여기가 어딘지 모르겠다, 도저히

교과서로는

비행기는 날아간다

미국 유학 면류관인 건가

부모님들 하늘 보기

이것을 다 어쩌지 못하는

호루라기 소리

교단에서의 침묵

6장

내가 그려본
대통령상

대통령의 따뜻한 가슴

별이 된 친구들과 선생님들이 여러분들에게 부담스러운 짐, 떨쳐
내고 싶은 기억이 아니었으면 좋겠어요. 별이 된 친구들과 선생님
들은 여러분들을 늘 응원하고 힘을 주는 천사 친구, 천사 선생님
이에요.

– 세월호 참사로 희생된 단원고학생들 졸업식장 영상편지 –

"수경아, 해진아, 민지야, 예은아, 현정아, 지성아, ○○아, ○○아,
○○아, ○○아, ○○아.

오늘이 너희들 졸업식인데 지금 어디를 가 있길래 아직도 안 오
고 있는 거냐? 날씨도 쾌청하고 교통편도 편리하고 못 올 이유가
하나도 없을 텐데도. 너희들이 있어야 졸업식을 하든지, 말든지 그
러지. 아니, 졸업식에 참석 못할 사정이라도 생겼으면 졸업식에 참
석 못하게 되어서 죄송합니다. 그런 말 정도는 이 교장 선생님께는

전해야 되는 거 아냐?

그런데도 86명만 이렇게 앉아 있느냐 말이야! 졸업식을 거행하라는 거야 말라는 거야! 나는 단원고 교장 선생님으로서 너희들의 졸업식을 기다렸고, 오늘을 위해 그동안 준비를 해둔 메시지가 있는데 말이야!"

"학생들아, 잘들 가거라!

그리고 단원고에서의 기억만은 영원하여라!

이 메시지를 전해야 하는데 누구에게 전할 거냐?

메시지를 들을 너희들이 없는데….

이 일을 다 어쩔 거나!"

"졸업생들을 지도하셨던 선생님!

이런 엄청난 일을 나더러 어떻게 다 감당하라고

아무 말도 없이 그냥 떠나 버리시다니요!"

단원고 교장 선생님의 뜨거운 눈물.

(이 대목에서는 눈물이 난다.)

생각도 하기 싫은 세월호 참사.

매듭짓기 어려워 아직도 진행 중으로 온 나라를 우울하게 했던 세월호 참사 부모님 앞에서 사회 앞에서 아름다운 꽃으로 피어 내야 할 단원고 학생들이 진도 앞바다에서 희생되어 버렸다는 비보, 그런 비보 앞에서 이 촌로도 눈물이 안 나올 수가 없었다.

"유민이 아빠 김영오 씨, 단식이 오늘로 며칠째인가요. 무리한 단식
너무 오래 하셨네요. 때문에 몸이 많이도 상하신 것 같은데 안 되겠
네요. 이젠 단식을 중단하시오. 국가를 위해서 중단하라는 것이 아
닙니다. 이번 일로 땅을 치고 울고, 울고 또 울어도 슬픔뿐인 분들을
위해서라도 대단한 용기를 한번 보여주시면 어떨까요? 사랑하는 딸
유민이 땜에 슬픈 데다 단식까지 하시게 되면 어떻게 되겠습니까. 여
러 날을 단식 중인 김영오 씨를 TV를 통해 보면서 너무도 안타깝다
는 생각에 이렇게 김영오 씨를 찾아오기는 했으나 사랑하는 딸 유민
이를 잃고 슬픔에 빠지신 유민이 아빠의 슬픈 맘을 대통령으로서도
어떻게 해드리지 못해 죄송할 뿐입니다. 세월호 참사 직접 책임은 청
해운 선박회사에 있지만 따지고 보면 국가의 책임이고, 그것을 막지
못한 대통령의 책임이기도 해서 정말 죄송합니다."

유민이 아빠 김영오 씨 손만이라도 따뜻하게 잡아주었더라면…
대통령으로서 말이다. 단식 중단은 스스로에 있겠지만 그런 박근
혜 대통령이기를 국민들은 또 얼마나 바랐을지.
박근혜 대통령을 지지했던 유권자로서 많이도 아쉽다.

나는 남자임에도 눈물이 흔해서 그런지 맏딸 결혼식 날 얼마나
슬펐는지 모른다. 소리를 내서 울 수는 없었지만 내 몸속에서 무엇

인가가 통째로 떨어져 나가는 느낌이었다. 다시는 돌아올 수 없는 곳으로 영원히 가버린다는 그런 느낌.

시집을 가더라도 날마다 볼 수 있는 딸인데도.

부모와 자식, 자식과 부모, 하나님의 창조로 된 천륜적 관계. 만수를 다 하시고 돌아가시기 직전의 부모님을 지켜보는 것을 임종이라고 우리는 말하는데, 그런 임종은 그 누구도 아닌 내 몸에서 태어난 자식들로, 눈을 감아야겠지만 멀리서 오고 있다는 막내를 보기 위해 눈을 감지 못하고 참고 있다가 왔음을 확인하고서야 비로소 눈을 감더라는 것이다. 이것이 부모와 자식의 관계가 아닌가.

죽음이 두렵다면 무엇 때문에 두려울까?

사랑하는 가족과의 인연이 회복될 수 없이 영원히 끊어지게 된다는데 두려움?

죽음 때문에 영원히 못 보게 된다면 어떻게 되겠는가.

우리 손자들이 금방금방 커서 중학생 고등학생 대학생.

아, 멋진 녀석들. 다른 사람들도 생각해 봤을지.

"아빠, 배가 침몰하고 있어. 나는 어떻게 해."

청천벽력과 같은 느닷없는 문자 메시지.

"그래, 걱정하지 마. 아빠가 간다. 겁먹지 말고 침착하게 있어!"

이러지도 못하는 아빠의 무기력, 남의 일이지만 생각만으로도 어

마어마한데 거기다 대고 세월호 참사는 여행에서 있을 수 있는 교
통사고라고? 허허, 청와대 보좌관들이 그 정도의 인물밖에 안 된
단 말인가. 잘못 들었나 싶어 귀를 만져봤지만, 방송을 보니 귀는
멀쩡했다.

　물론 그런 문제로 너무들 떠드는 것 같아 실수로 한 말일 것으
로 이해하지 못할 이유는 없지만, 자식을 둔 아버지로서 부아가 많
이도 났다.

　자식을 잃은 부모는 울 수도, 웃을 수도, 태평해 할 수도, 우울한
표정을 지을 수도 없다. 그것들이 다 흉일 테니까. 피해 학생 가족
들에게 보상금조로 얼마씩 주게 된다는 것 같은데 그 돈을 받는
다 해도 자식을 잃은 슬픔은 그대로 남을 것이 아닌가.

　그려, 슬프겠지만 보상금을 받았다면 그 보상금을 국가에 반납
하라. 그래야 정부를 향한 그동안의 단식투쟁도 명분이 서고, 자
식을 잃어 슬프다는 말이 진심이지 않겠는가. 그러지는 않겠지만
만약 보상금으로 살림에다 보태 쓴다면 그때부터는 자식을 잃어
슬프다는 말은 거짓말이 되고 말 것이다. 더 말한다면 그게 어디
보상금인가? 정부에서는 주어서는 안 되는 돈이지. 너무 안타까워
위로 차원으로 몇 백만 원 정도는 모르겠지만, 보상금이 수억 원이
라니 말이나 되는가. 그런 보상금을 신앙인으로서 살림에다 보탤
수는 도저히 없어 교회에다 헌금식으로 바칠지도 모르겠는데 정상
적인 보상금이 아니므로 교회에서는 받으면 안 된다. 국가에다 반

납하라고 권유해야지. 어떻든 추악한 인생이 되고 싶지 않다면 돈 앞에 굴종만은 피하라.

자식 공부방문을 열고자 해도 너무 무서워 도저히 열 수가 없다면 이 일을 다 어쩔 거나.

자식이 제 맘대로 살아보겠다고 밖으로 나가 말썽을 부려 부모의 가슴을 아프게 하기도 한다지만, 그것도 자식으로부터 있어질 행복의 기대는 살아 있지 않은가. 내 앞에서 어른거리던 자식이 없어져 안 보인다면 허탈 그 자체가 아닌가. 말하자면 인생 끝장 말이다. 자식을 두고 싶어 별별 수단을 다 써보나 낳지 못하는 사람들의 넋두리는 들어 봤는가. 그냥 운다. 말썽꾸러기 자식이라도 있으면 좋겠다는 한스러움.

이것이 인생인데 단 한 명뿐인 자식이 졸지에 없어졌다면 어떻게 되겠는가.

보도에 의하면 군 장성으로 예편한 아버지가 자식의 의문사를 두고 잠을 이룰 수가 없어 기필코 밝혀내겠다고 갖가지 방법을 다 동원을 해보나 군 발표대로 결론이 나 번복이 될 가능성이 전혀 없다는 것을 잘 알면서도 그 끈을 놓지 못하고 헤매는 것은 무엇을 말하는가. 나는 아버지며 부모가 아닌가.

청와대 보좌관의 잘못된 발언 때문에 박근혜 대통령도 마찬가지로 화나셨을지는 몰라도 내가 만약 대통령 입장이었다면 잘못된 발언으로 징계를 하든지, 징계가 어려운 중요한 인물이라면 TV 앞에서 사과를 시키든지 그랬을 것 같다. 이건 정치적 문제이기 전에 졸지에 자식을 잃어 슬픔에 빠진 가족들에게 위로해 주어야 할 인간적 문제이기 때문이다.

김영오 씨 딸 유민이 학생은 수학여행을 제주도로 가게 된다고 해서 기분이 너무도 좋아 고맙다며 학교 측에다 큰절도 했으리라. 맘속으로. 그래서 콧노래 부르면서 제주도 여행을 검색창을 타고 미리 가보기도 했을 터, 우리 유민이가 그리도 신이 났었는데, 신이 났었는데⋯.

박근혜 대통령은 뻣뻣한 남성 대통령이 아닌, 여성 대통령이다. 여성의 본성은 따뜻함으로 창조되어 있지 않은가. 인간사회에서 최고의 가치는 따뜻함이라고 나는 생각한다.

기독교에서는 '안식'이라는 말이 있다. 안식이라는 말을 한자로 풀이해 본다면 안식은 남성들에게만 해당되는 말로, '아내 품에 눕고 싶다.'이고 '세계는 남자가 지배하고 그 남자는 여자가 지배한다.'도 같은 의미로 따뜻한 여성성을 말함이지 않은가.

미국 오바마 대통령은 남자 대통령임에도 총기난사 사건으로 희생된 초등학교 1학년 학생들을 생각하면 미칠 것만 같다면서 연설 도중에 눈물을 쏟았다고 하지 않는가.

미국 오바마 대통령은 총기난사 사건으로 숨진 희생자들의 추도 식에서 찬송가 '어메이징 그레이스'를 선창하였고, 6,000명에 가까 운 참석자들이 따라 부름으로써 추도식장에 감동의 물결이 넘쳤 다. 그들이 부른 '어메이징 그레이스'는 유가족들에게 위로가 됐을 뿐만 아니라, 다른 사람들에게도 생사를 주관하시는 하나님 앞에 서 옷깃을 여미게 했을 것이다.

미국 언론은 "증오의 현장을 치유한 대통령의 찬송", "재임 기간 최고의 순간"이라며 오바마 대통령을 찬사하였단다. 아마 우리나 라에서 이런 일이 있었다면 대통령에게 온갖 비판이 쏟아졌을 것 이다. 미국인들의 반응을 보면서 세계인들은 미국이 분명한 복음 국가임을 확인하였을 것이다. '어메이징 그레이스' 찬송은 미국의 신앙고백이자 복음 전도였던 셈이다.

"어메이징 그레이스는 영국 성공회 존 뉴턴 신부가 흑인 노예 무 역에 관여했던 자신의 삶을 회개하고 이 죄를 용서해 주신 하나님 의 은총에 감격하면서 지은 찬송가이다."

Amazing Grace! How Sweet the Sound!

나 같은 죄인 살리신

Amazing Grace! How sweet the sound! That saved a wretch like me. I once was lost, but now I'm found. Was blind, but now I see.

놀라운 은혜여! 얼마나 그 소리가 감미로운지요! 그 은혜가 저와 같은 비참한 인생을 구원했습니다. 저는 한때 잃어버려진 존재였지만, 지금은 찾아졌고, 한때 눈이 먼 존재였지만, 지금은 보게 되었습니다.

Twas grace that taught my heart to fear, And grace my fears relieved. How precious did that grace appear! The hour I first believed!

나의 영혼에 두려워하는 마음을 가르쳤던 것도 은혜였고, 나의 두려움들을 없어지게 해 주신 것도 은혜였습니다. 그 은혜가 제게 나타났다는 사실이 얼마나 소중한지요! 그 시간에 제가 처음 믿게 되었습니다! 나는 한때 잃어버려진 존재였지만, 지금은 찾아졌고, 한때 눈이 먼 존재였지만, 지금은 보게 되었습니다.

– 미국 –

나 같은 죄인 살리신

나 같은 죄인 살리신 주 은혜 놀라워

잃었던 생명 찾았고 광명을 얻었네

큰 죄악에서 건지신 주 은혜 고마워

나 처음 믿은 그 시간 귀하고 귀하다

이제껏 내가 산 것도 주님의 은혜라

또 나를 장차 본향에 인도해 주시리

거기서 우리 영원히 주님의 은혜로

해처럼 밝게 살면서 주 찬양하리라 아멘

– 한국 –

지워진 이름

그때로 돌아갈 수는 없다

전날을 되돌릴 수도 없다

혼자만 울어야 한다. 울고자 해도

그럴 이유 없지만

내 이름은 지워졌다

그동안의 세상에서

물론 학교 운동장에서도

담임 선생님 미안해 마세요

기억도 마세요

내가 갈 길로 갔으니까요

차례가 아니라면 아닐 뿐이지

인간 수명 백 세로 봐

세월호를 원망하지 마세요

진도 앞바다를 바라보지 마세요

우리 아빠 엄마를 위로해 주세요

시간이 있으시면

아빠 엄마, 그동안 감사했어

낳아주시고 기저귀 갈아주시고

학교를 보내주시고.

더 이상 얘기는

삶을 마치고 천국에 오시면

그때 얘기해도 될까?

대통령의 뜨거운 눈물

그리 멀지 않은 역사적 피해 때문에 멀고도 가까운 나라 일본, 그런 일본이지만 멀리할 수만 없는 국제적 관계, 과거에 피해를 입었다는 강박관념에만 묶여 있어서는 우리나라가 발전하는데 저해 요인일 것으로 박근혜 대통령은 그것을 눈 한 번 딱 감고라도 해결하고 말겠다는 결연한 맘으로 일본과의 협상이 이루어졌다면 미성년자(14~16세) 나이로 정신대에 끌려가 인간 이하의 대접을 받으신 할머님들에게 다가가 무릎 꿇고,

"할머니, 죄송합니다. 할머니, 죄송합니다. 할머니, 죄송합니다."

(다른 말을 포함해서는 독이다.)

대통령으로서 진정의 눈물이었다면 할머님들도,

"대통령님, 우리 할머니들은 너무너무 억울하고 분해요! 일본으

로부터 잘못했다는 사죄의 말을 듣고 싶어요! 그런데도 일본 총리는 안 오고 우리 대통령님만 오시다니요! 대통령님, 우리 할머니들은 너무너무 억울하지만 다 지난 일로 들어내고 말하기가 창피해서 웬만하면 일본을 용서를 해주고 싶은데 이 일을 다 어떻게 해야 하나요, 대통령님?"

할머님들께서는 박근혜 대통령을 붙들고 우시고, 박근혜 대통령도 할머님들 손을 붙잡고 눈물을 흘린다면, 그 장면을 보는 국민들도 함께 울 것이고, 일본 국민들도, 일본 아베 총리도 미안한 눈물을 흘릴 것 같고, 우리 민족을 짓밟을 것을 두고 미안해하기는커녕 정당화하려는 일본 우익단체들도 할 말을 잃을 것이 아닌가. 그뿐이겠는가. 세계인들도 박근혜 대통령을 다시 보게 될 것이고, 더 나아가 남북한 통일문제까지도 거론되지 않을까? 거기까지는 엉터리 생각일지는 몰라도.

우리나라가 선진국으로 올라서려면 일본으로부터 피해를 입었다는 피해의식에 갇혀 있어서는 안 된다. 가해국인 일본과의 화해, 화해는 용서가 전제되지 않고는 거의 불가능한 문제로 용서는 항상 피해자의 몫이지 않은가. 그 몫은 피해를 입은 우리 국민들에게 있겠지만, 그런 문제까지도 통치권자인 박근혜 대통령이 쥐고 있다면 말이 안 되는 건가.

　용서를 해주고 용서를 받는 것은 인간사회에서 당연한 아름다움으로 지금까지도 서로의 반목이 그대로인 사회통합도 대통령의 따뜻한 가슴에서만 있을 것이라고 말을 한다면 박근혜 대통령을 통렬하게 비판하는 언사라고 말할지 몰라도 아닌 것은 죽어도 아닌데, 아닌 것에 굴종이란 내 사전에는 없다.

　"하루에도 몇 명씩을…. 상처가 나서 일어나지도 못하고 그러다
　하늘이 새카맣도록 비행기가 들어오더니 일본이 손들었다 했어.
　철수하고 다른 곳으로 이동했는데 젊은 여자는 간호사로 훈련시
　키고 늙은 여자들은 주방으로 보냈지. 일본 군인이 수술을 해야
　해서 피가 모자라면 여자들 피검사를 해서 수혈을 시켰어."

　　　　　　　　　　　　　　　　　　- 김복동 할머니 증언 -

　당시 일본의 잔악상은 조정래 소설 『아리랑』에서 그려지고 있고, 마루타는 인터넷에서 검색하면 찾을 수 있다.

세상사

슬펐다

울고 싶었다

슬픈 이유

울고 싶은 이유

……?

겨울이 떠난 자리에

봄은 말한다

세상사 뭐 별건가

겨울은 서운한 맘으로 떠났고

그대는 희망에 살았겠지

그저 그런 삶

그저 그런 삶

나는 내일을 위해 떠날 것이다

싫지만

무엇에다도 원망하지 말자

천국으로 떠나시는

일본군 위안부 할머니들

과거는 기억했나 보다

한 편의 영화, '귀향'

대통령의 과감한 결정

정치 9단이니, 그런 말을 듣게도 되는데 그것은 국민들로부터 환영받기 어려운 꼼수라는 말도 거짓부렁이라는 말도 포함하고 있다고 나는 본다. 그렇다는 점에서 앞으로는 꼼수를 부리는 정치인은 처음부터 출마도 말기를 바라기는 비단 촌로뿐일까.

박근혜 대통령은 2016년 신년기자회견을 하면서 정부정책에 국회가 너무 비협조적이라 도저히 일을 추진해 나갈 수가 없어 한숨이 다 나온다. 그런 발언을 하셨는데 그런 발언은 국민들의 힘을

쑥 빼버리는 발언으로 다시는 그런 발언은 하지 마시고 곧 죽어도 국민에게 기를 불어넣어 주는 발언을 하셨으면 한다.

여당중진인 어느 의원은 어느 날 종편방송에 나와 야당대표는 청와대 있을 때 말과 지금의 말과는 정 반대의 말을 하고 있다. 그리 말하던데 정치계는 본시 순리라는 것이 존재하지 않아서 물어뜯고 할퀴고, 그리고 나서야(여기에도 꼼수는 등장하게 되는데 낮에는 야당, 밤에는 여당?) 비로소 해결점을 찾게 된다면 미안하지만, 국가를 위해 국회의원이고 장관은 누구도 없다. 그분들을 악평하는 것이 아니라 우리 대한민국 현실 정치구조상 그렇다는 얘기다.

그렇다면 고 정주영 회장 말마따나,
'머리를 두었다가 어디다 써 먹을라고.'

박근혜 대통령은 이 말을 참고로 하시면 어떨까 싶다.
국내 정치 문제에서만은 개성공단 중단 문제에서 써먹던 원칙만 들고 계실 것이 아니라. 한 국가의 통치자는 국민 여론에 민감해서는 나라가 거덜날 수도 있다는 것을 절대로 해서 앞으로 백 년 후에 있을 대한민국을 위해 죽으면 죽으리라는 각오로 통치를 하라고 주문하고 싶다.

남성들만의 대통령이라는 불문율을 깨트린 대통령으로 박근혜 대통령은 여성대통령이다. 박 대통령 후보 시절 너무도 반가워 지지했던 유권자 한 사람으로서도 당선을 축하했는데, 축하의 의미는 밀어붙이기식이 아닌 타협을 잘하시리라는 기대였다. 타협은 따뜻한 가슴에서 나온다고 보고.

여성은 본시 따뜻한 가슴과 뜨거운 눈물로 창조되어 있어서 그런 무기로 반대편으로 다가간다면 정부정책에 반대하는 국민 여론에 밀려 어쩔 수 없이 두 손을 들 수밖에 없지 않을까. 따뜻한 가슴과 뜨거운 눈물을 이길 장사는 이 세상 그 어디에도 존재하지 않는다.

대통령이 꿈이면

'불멸의 군인', '영원한 지휘관', 채명신 장군님 깊이 흠모합니다. 이렇게 경의를 표했고요, 유가족 대표는 인사말을 통해서, "평생 나라를 사랑하고, 군인을 사랑했습니다. 명예와 권력을 좇아다니지 않은 멋진 군인이었습니다." 할렐루야. 제가 이제 자료를 조사하다 보니까 안 알려진 이야기가 하나 나왔어요. 뭐냐면요, 6·25전쟁 때 혁혁한 공을 세워서 1951년 북한 유격대 총사령관 김월팔 중장을 사로잡았어요. 그래서 '당신 그 모든 것 다 내려놓고 전향하면 살려주겠다.' 그러니까 '나는 사령관으로서 죽음을 택하겠다, 그러나 한 가지 부탁이 있다. 내가 전쟁 때 아이 하나를 내 아들처럼 데리고 다니고 있는데, 내가 죽더라도 이 아이는 남조선에 데리고 가서 돌봐 달라. 교육을 좀 시켜 달라. 그럼 내가 평안히 죽을 수 있겠다.' 그래서 약속을 하니까 그 자리에서 그가 자결해 죽었습니다. 그때 그 아이가 채명신 장군과는 11살 차이입니다. 그래서 본인 호적에 친동생으로 호적을 올리고, 그 동생의 온갖 뒷바라지를 다 해서, 그 동생이 서울대학도 나오고 그다음에 박사를 받고 교수가 돼 가지고 지금 76세이신데요. 이 장례식장에서 끝까지 이 모든 장례식을 다 유가족 대표의 한 사람으로서 그 장례식장을 지켰습니다. 얼마나 아름다워요. 전쟁고아를 친동생으로 해서, 나이가 많이 차이가 나면 자녀로 하려고 그랬는데, 그런데 나이 차이가 11살밖에 안 나고, 그때 또 채명신 장군은 총각이었어요. 총각으로 있었기 때문에 호적에 친동생으로 올려서. 사실 앞으로 불이익이 따를지도 모릅니다. 북한 사령관 아들을 갔다가 자기 동생으로 입적했으니 출세에 지장이 있을 수도 있어요. 누가 "저 사람 적군의 아들을 데려다가 친동생으로 입양했다"고 그렇게 하면은 출셋길이 막힐 수도 있는데, 이 분은 크리스천으로 약속을 지킨 거예요. 그래서 정말 역사에 길이 남는, 아주 훌륭한 장군으로, 형으로 그 이름이 남겨지게 된 것입니다. 여러분들도 인생을 살아가면서 이렇게 한번 살아야지요. 헛되이 사는 그런 사람이 되지 말고, 누구나 저와 같은 삶을 살아서 이 세상에 아름다운 흔적을 남기는 그런 사람이 되시기를 주님의 이름으로 축원합니다.

– 여의도순복음교회 이영훈 목사 설교에서 –

고 채명신 장군은 죽어서까지 장군이 아니다. 그러니 내 명령을 따르다 전사한 병사들과 함께 있게 해주면 좋겠어.

유언을 받들어 사병들 묘역에 비를 세웠는데 비문에는,

'그대들이 여기 있기에 조국이 있다.'

앞으로 대한민국 대통령이 되겠다고 나서는 그대들이여! 민주사회에서는 불법도 법으로 인정해 달라! 그런지는 몰라도 파괴하고 사람을 다치게 하는 민주노총시위현장으로 달려가,

"파괴만은 하지 맙시다!"
"사람을 다치게는 맙시다!"

그대들은 이런 말이라도 해 봤는가.

(이런 말은 내가 그렇게 하고서 말해야 맞겠지만)

그대들의 현상을 보고 있노라면 그들이 대통령이 되면 나라를 말아먹겠구나. 그런 고약한 생각이 다 든다. 너무 심한 생각인지 몰라도. 대한민국에는 이 정도밖에 안 되는 인물들만 정치계에 있는 건가? 앞에 나설 거면 좀 대담한 각오로 나서라. 실망스러운 태도들은 당장 접고.

현충원의 무덤들

서울 국립현충원에 모셔진 대통령들의 무덤을 보면서,

"가족들아, 내가 이 병상에서 건강한 모습으로 퇴원할 수는 도저히 없을 것 같다. 건강이 회복되어 퇴원했으면 좋겠지만, 내 나이 팔십이 넘어 살았다면 많이 산 건데 앞으로 얼마나 더 오래 살겠다고 욕심까지 부리겠느냐. 생각을 해보면 그동안 정치를 하느라 죽을 만큼의 쓴맛도 보기는 했지만, 대한민국 대통령이라는 대단한 대접도 받은 거다. 그렇다면 죽어서까지 대접은 아닌 것 같으니 그동안 대접을 해준 분들을 생각해서라도 내 시신을 의학 발전용으로 쓰일 수만 있다면 그렇게 하면 좋겠다. 종교적으로 나는 기독교인이다. '한 번 죽는 것은 사람에게 정해진 것이요, 그 후에는 심판이 있으리니'(히브리서 9장 27절) 나는 이 말씀을 무시를 못하겠으니 전직 대통령들 무덤처럼은 하지 말기를 바란다."

병상에 누워계시면서 죽음에 대해 생각도 해 보셨을 텐데 거기까지 생각을 하지 못했을까. 아니면 실질적 대통령은 아니지만 나는 대통령이야! 그런 생각이 남아 있었을까 몰라도 인구밀도가 매우 높은 대한민국 국토가 무덤들로 채워져서는 안 된다고 해서 수목장을 권장하고 있고, 오늘날은 수목장 추세로 가고 있다면 거기에 충실하는 것이 대한민국을 사랑하는 맘이 아닐까. 대통령들께서는 누구보다 국가를 사랑하고, 사랑하라고 국민들에게 말했다면고 채명신 장군처럼 무덤을 해달라고 해서 유언대로 했다면 민주화를 이루기 위해 목숨을 걸다시피 한 그동안의 이력도 평가받을텐데. 평가를 받을 텐데.

대통령들의 무덤이 진입로 말고도 자그마치 80평이라니.

이런 문제에 있어 기독교인들은 달라야 하지 않을까.

무덤이 대통령은 80평, 장군은 8평, 병들은 1평으로 그렇게는 법률에 의한다지만 많이도 아쉽다. 많이도, 많이도….

우리 민족 장례문화는 그동안은 매장문화였다가 이제는 화장문화로, 수목장문화로 가고 있는 추세이다. 명분이야 수목장이지만 그냥 버리는 것이 아닌가. 대한민국 땅이 비좁은 점을 감안한 수목장은 아닐 것이냐. 좁은 땅을 효율적으로 사용하자가 오늘의 아파트라고 본다면 다음 대통령들의 무덤은 아예 없으면 한다. 그렇지만 그렇게까지는 현실적으로 어렵다면 1평 땅을 차지한 병사들처럼 비만 세우기를 국민의 한 사람으로서 바라는 맘 간절하다. 살아있을 때에야 대접을 받아도 되겠지만, 죽어서까지는 아니라고 보기에 그렇다. 사는 동안은 잘살았든지, 그저 그렇게 살았든지 죽으면 그만이지 않은가.

이런 문제에 있어 종교 지도자들도 예외일 수 없다고 보는 입장이지만, 박수를 받을 만한 그런 얘기는 아직도 듣지를 못했다. 육은 육이요, 영은 영이라고 수도 없이 강조를 했다면 본인만은 사실로 해야 그 말이 맞지 않을까? 그렇지만 나만 말고라는 인식이 사회에, 교계에 가득 차있어서는 밝은 사회이기를 바라는 것은 어불성설이다. 그러므로 사회지도급 인사들께서는 본을 보여줬으면 하는데 그렇게는 현실적으로 어려운 건가. 맘이면 하나도 어렵지 않을 것 같은데 말이다. 이런 말도 단상에 올라가서 해야겠지만, 그럴 기회는 주어지지 않을 것 같아 책으로 말을 할 수밖에 없다는 게 아쉬움이다.

"나이 칠십이 넘었으면 많이 산 거여. 그러니 떵떵거리는 사람들을 쳐다볼 게 아니라 어떻게 죽을 것인가. 그런 생각들이나 해, 뭔 소리들을 하고 있는 거여!"

친구들과의 모임에서 농담 비슷하게 했는데, 죽음이라는 것은 멈춤도 없이 초침, 분침, 시침에 따라 달려오고 있지 않은가.

전 서울대 최창조 교수는 서울 국립현충원은 나라를 위해 희생하신 순국선열과 목숨을 바쳐 조국을 구한 호국 영령을 모신 보훈의 성지요, 민족의 얼이 서린 성역으로서 이곳은 '이타심의 최고봉'이 모셔진 자리이기에 그것만으로도 명당이라 할 수 있겠다. 현충원 내 묘지가 명당이라고는 하지만 이승만, 박정희, 김대중, 전 대통령이 모셔진 묘역이 아닌 일반사병 묘역이 진정한 명당이니 묘역을 따로 조성하는 것보다 사병들과 같이하는 것이 이 나라 민주화를 이루는 데 공헌한 대통령들에게 걸맞는 묘지라고 말한다.

우리나라가 아닌 중국의 사례이기는 하지만, 주은래는 "자신을 화장해 조국의 산하에 뿌려 달라."는 유언을 남기면서 지난 1976년에 세상을 떠났다. 그때 등소평은 장례위원장으로서 주은래의 영결식을 주관했는데, 주은래 유해는 유언대로 화장을 해서 유분을 등소평이 직접 비행기로 전국을 돌며 흩뿌린 것으로 전해졌다. 중국의 혁명원로들의 유골이 안치되어 있는 북경 팔보산 혁명공묘(납골당)에 유독 주은래의 유골이 없는 것도 그런 이유이다.

1992년 사망한 주은래 부인, 등영초도 생전에 남편과 약속임을 강조하며 내 시신에는 30년 이상 된 헌 옷을 사용하라고 당부했으나, 지켜지지 않고 팔보산 혁명묘지에 봉안돼 있다.

중국의 최고 지도자 등소평은 죽음 앞에서 "유해를 화장해 바다에 뿌려 달라.", "분향소를 만들지 마라.", "각막을 기증하며, 유해는 의학연구 해부용으로 써 달라."는 유언을 남기고 세상을 떠났는데 등소평의 유언은 주은래 전 총리와 그의 부인 등영초 여사가 남긴 유언과 비슷하다.

93세에 세상을 뜬 그는 1997년 2월 19일 떠나기 전, 부인 탁림을 통해 유서를 남겼다. 탁림은 중국공산당 중앙판공실로 편지를 보내 이것이 등소평의 마지막 부탁이라고 전했다.

부인이 전한 등소평의 마지막 유언은 만인의 심금을 울렸다. 베이징에서 세상을 떠나면 권력자이든, 보통 인민이든 예외 없이 팔보산 화장장에서 화장되어 거기에 있는 공동묘지에 안장된다. 그렇지만 등소평의 유분은 유언에 따라 비행기에 실려 홍콩 앞바다에 뿌려졌다.

주연은 장개석, 모택동이었고, 조연은 주은래로 보였지만, 등소평 이후 중국역사 전개상황을 자세히 본 사람들이 장막 뒤의 연출자는 주은래였을 것이라는 생각을 하기 때문이 아닐까. 그는 장개석 편도 모택동 편도 아니었고, 기독교 신자인 장개석과 무신론자인 모택동과도 일했으니, 유신론자도, 무신론자도, 공산주의자도, 자본주의자도 아니었고, 미국인이나 러시아인들이 생각했던 그런 사람도 아니었다.

주은래가 일제 패망 후 상해임시정부 수반이었던 김구 선생과 다른 모든 임시정부 요인들을 만찬에 초대하였다는 것을 우리는

알게 되었다. 다크 함마슐드 전 UN 사무총장 말대로 정말로 뛰어
난 사람이었기 때문인가.

평민 재상 주은래의 6무六無

주은래(1898~1976)는 중화인민공화국의 정치가, 혁명가, 총리였으
며 사회주의 운동가로, 장쑤성 화이안에서 태어나 톈진 난카이 대
학교를 거쳐 와세다 대학교, 파리 대학교 등에서 유학하였다. 미국
의 작가 헤밍웨이의 부인, 마사 겔혼은 주은래를 "중국에서 가장
위대한 인물이다. 주은래는 우리가 중국에서 만난 사람들 가운데
유일하게 좋은 사람이었다. 중국 공산당원들이 모두 그와 같다면
중국의 미래는 분명히 그들의 것이 될 것이다."라고 평하였다.

주은래의 인물됨을 나타내는 몇 가지 일화로 미국 닉슨 대통령
이 중국에 와서 주은래와 같이 탁구 경기를 보는데, 갑자기 자리
를 빠져나갔다가 돌아왔다.

"어디 다녀오셨소?" 물어보니, "내일 당신이 만리장성에 가신다고
하니, 그쪽의 눈을 미리 치워놓도록 조치하고 왔습니다." 이렇게 치

밀한 주은래가 사망했을 때 남긴 유산은 70만 원이라고 한다.

생전에 모택동도 "주은래는 사리사욕이 전혀 없고 고상하고 순수하며, 도덕적인 사람이고, 또 인민 해방을 위해 자신을 완전히 헌신한 사람"이라고 평했다.

우리를 감동시키는 일화는 1946년 공산당 중앙위원들이 비행기를 타고 옌안에서 충칭으로 갈 때의 일이다. 갑자기 기장이 "날개가 결빙이 생겨 위험할지도 모릅니다. 모두 낙하산을 메시오!" 전부 낙하산을 매었으나 한 소녀가 낙하산이 없는 것을 보고 주은래는 자신의 낙하산을 벗어 소녀에게 건네주었다. 다행히 사고는 나지 않았지만, 결코 아무나 할 수 있는 일이 아니다.

<주은래의 6무六無>

1. 사불유회死不留灰

죽어서 유골을 남기지 않았다는 이야기로, 주은래가 사망한 시점은 역사의 격변기였다. 임표林彪 집단이 막 숙청되고 강청江靑의 4인방이 여전히 세력을 떨치고 있을 때였다. 1976년 1월, 주은래가 사망하였다는 소식과 슬픈 음악이 라디오에서 흘러나왔고 TV로 간략한 고별의식이 중계되었는데, 이때 강청은 모자도 벗지 않고 고개를 숙여 사람들로부터 욕을 먹었다고 한다.

며칠 지나 주은래 유골은 화장을 하였고, 1월 15일 추도회가 끝난 후, 부인 등영초는 생전에 유골을 남기지 말고 대지에 뿌리라는 유언을 전하여, 주은래의 유골은 그가 대학을 다니고 혁명을 시작했던 천진에서 황하 입구까지 농업용 비행기를 타고 가면서 뿌려졌다. 유골이 없으므로 유골을 묻은 장소나 비석도 당연히 없다고 한다.

2. 생이무후生而無後

살아서 후손을 남기지 않았다.

중국인의 습관에 후손을 잇는 것은 매우 중요하며 가장 큰 불효가 후손을 두지 않는 것이다. 그런데도 주은래는 혁명과정에서 희생된 열사들의 자손을 보살피고(총리를 지낸 이붕이 주은래의 양자) 자신은 후손을 두지 않았다.

3. 관이무형官而無型

관직에 있었지만, 드러내지 않는 것이다. 수천 년 이래로 관직은 권력과 연결되어 있었고 관직이 높을수록 특수한 대우를 받아 왔다. 그러나 주은래는 외교, 공무를 수행할 때는 관리였지만, 일상생활에서는 보통의 백성과 똑같이 생활하였다.

그는 중국 역사 이래 처음 보는 평민재상이었다고 한다.

4. 당이무사黨而無私

당에 있으면서도 사사로움이 없었다는 것이다. 레닌은 사람은 계급으로 나누어지고, 계급은 정당이 영도하며, 정당은 영수가 주재

한다고 하였다. 사람이 있으면 당이 있게 마련이다.

정당 외에 붕당, 향당 등의 사당이 있는 것이다.

모택동도 일찍이 당 외에 또 당이 있으며, 당내에도 파벌이 있다고 말한바 있다. 서로 좋아하는 사람끼리 당을 이루고, 이익이 맞는 사람끼리 당을 이루며, 당을 이룬 뒤에는 사익을 취한다. 그러나 주은래는 당내에 파벌을 만들지 않았다.

당을 이용해 개인의 이익을 취하지 않았다는 것이다.

5. 노이불원勞而不怨

고생을 해도 원망하지 않는다는 것이다.

주은래는 혁명사업과 국가건설에 많은 고생을 한 사람이다.

그는 해방 전에는 상해노동자궐기투쟁, 대장정, 삼대전역, 지하투쟁 등으로, 해방 후에는 정치, 경제, 문화 등의 업무를 수행하면서 무척 고생을 많이 하여, 업무량으로만 계산한다면 주은래의 업무량이 당시 당원들 중에서 가장 많았을 것이다.

그런데도 한마디 원망하는 마음이 없었다.

6. 사불유언死不留言

죽으면서 유언을 남기지 않았다.

1976년 주은래가 죽기 전에 모택동도 매일 한 번씩은 주 총리의 병세를 물어보고, 부인도 매일 병석에서 같이 있었다고 한다. 당시 혁명 원로들은 사인방에 의해 거의 다 타도되고 유일하게 남은 사람이 섭검영 원수였다. 섭검영은 백지를 비서들에게 주고 혹시 주은래 총리가 무슨 말씀을 하시면 하나도 빼지 말고 기록해두라고 하였다.

결국 사망 후에 다시 받아 본 백지에는 아무것도 쓰여 있지 않았다고 한다. 주은래라고 어찌 남기고 싶은 말이 없었겠는가? 아마 후일의 분란을 미리 막기 위한 것이었을 것이다.

주은래는 중국 인민의 가슴 속에 영원한 총리로 남아 있을 것이다.

그렇다면 이 글을 쓰는 입장은 어떤가.

자랑으로 들릴지는 몰라도 시신은 의학발전용으로 사용하되 필요 없다고 할 경우 화장을 해서 산에다 뿌리되 기일 같은 것도 없애라 했다. 젊다면 젊은 나이, 당시 53세.

그런 생각을 갖기까지는 사십 대 중반에서 헌혈을 해야겠다는 맘으로 헌혈을 하기는 했지만, B형간염 보균자라 쓸 수 없어서 그냥 버렸다는 통보를 받고 미안하기도 해서 장기기증이라도 해볼까도 생각을 했으나 그마저도 휴가도 없는 회사 경비직이라 그렇게는 못했는데, 당시에도 죽으면 그만이라는 생각이 내 마음을 지배했었던 것 같다. 그때의 생각은 지금도 변함없다.

'사랑하는 나의 가족에게'

"사람으로 세상에 태어나 의미를 가지고 살았다 하더라도 생의 끝에서는 그냥 사라진다는 것밖에 더는 아니지 않은가 싶다. 삶에서 아내를 만나 아들딸을 두었고 부모님이 세상 떠나심을 보았다. 그러던 중에 이제는 생의 종점에 서 있다. 싫지만, 주검이라는 것이 얼마 지나지 않아 내게도 여지없이 찾아올 것인데 주검이란 사랑하는 가족과의 영원한 이별 그 자체라 그래서 주검이 다들 싫을 것이 아닌가. 병들어 가족에게 부담을 주는 것은 더더욱 싫을 것이고. 주검보다 더 무서운 회복 불가능한 병이 찾아와서는 안 되는데 그런 두려운 생각도 드는 것은 사실이다. 그래서 투병 중인 지인들을 보면 남의 일로만 흘려 보이지 않는다. 그것은 아마 그만큼 늙었다는 뜻일 것인데 언젠가 말했듯이 젊어서는 살아갈 궁리를 해야겠지만, 늙으면 어떻게 죽을까를 심각하게 생각해야 할 것이 아닌가. 그런 문제에 있어서 대책도 없이 그냥들 살아가는 모습을 보고 있노라면 다행이라 할까 나는 보훈병원이 기다리고 있다. 인간수명이 길어지기는 했어도 나이가 칠십 넘어 살았다면 살 만큼 산 것이다. 그러므로 병상에 있으면 소생술 같은 것은 하지 마라. 억지를 부리면 생명이 얼마쯤 연장될지는 모르겠지만, 완전 회복이 못 될 텐데 그러면 모두에게 고통뿐이다. 그리고 주검 이후 시신 처리 문제다. 전에 말했듯이 의학연구용으로 기증했으니 '사랑의장기기증운동본부'로 연락해라. 그러나 필요치 않다면 화장하고 흔적일랑은 그 무엇도 남기지 마라. 기일조차도.

기일을 통해 형제들이 만난다는 의미로는 모르겠으나. 시신기증 당시만 해도 그런 사람이 많지 않았다는데 지금은 많다고 한다. 그래서 수정을 하는 것이니 꼭 이행하고 고향의 산소는 본래의 산으로 되돌려라. 그런 일은 내가 해결하지 못했을 경우다. 이것이 흉이 될지도 모르겠지만, 거기에 흔들리지는 마라. 다른 사람들도 곧 그렇게 할 것이다. 이런 생각은 오래전부터다."

수정일 2011년 7월 1일

말한 대로 그렇게 지켜질지는 산 자들의 몫이겠지만.

이렇게 만들어진 것을 깨끗한 봉투에다 넣고 봉투 겉에는 붓글씨로 '사랑하는 나의 가족들아'라고 곱게 써서 쉽게 볼 수 있도록 다이어리 가방에다 넣어 운전석 앞에 항상 올려놓고 다닌다.

물론 가족들은 이 책을 통해서 알겠지만, 이렇게 생각하기까지는 중국 주은래 부부의 행적이 영향을 미쳤다. 당장 죽어도 친인척들 말고는 아무도 모를 그럴 사람인데 묘는 무슨 묘야. 그런 생각이 내 마음을 지배했던 것 같다.

아무리 좋은 이론이 있다 하더라도
그것이 맘으로부터 행동으로 옮겨질 때만이
가치가 있는 것이다.

– 미상 –

한상균에게 돌직구 함부로 던지지 마라

　민주노총 불법시위주동자로 지목되어 현재 구류 중이라는 민주
노총 한상균 위원장에게 돌직구 함부로 던지지 마라. 쌍용자동차
노조간부로 활동한 것이 해고를 당할 만큼 큰 죄가 아니라면.
　회사 구조조정 차원에서 해고를 당했다면 회사 측으로서는 회사
를 살려야 하기 때문에 경영상 어쩔 수 없다는 당위성을 말할지
몰라도 해고를 당한 자로서는 한마디로 가족까지의 밥줄이 댕강
잘린 것이다. 그런 상황에서 성질 고약한 사람만이 아니라도 무엇
이든 때려 부수고 싶은 심정일 것이다. 나도 회사경비로 근무해 봤
는데, 경비시스템도 무인시스템으로 바꾼다는 말에 정리해고를 당

할 위기 상황에 처했을 때 회사를 그만두어야 한다는 생각에 얼마나 두려웠는지 모른다. 무인시스템계획은 곧 취소되고 말았지만 말이다.

"쌍용자동차 가족 여러분, 회사를 운영하는 경영자로서 회사 가족 여러분들에게 앞으로 더 잘해봅시다. 응원과 덕담이라야 맞겠지만, 그렇지 못할 사정이 생겼다는 얘기를 하려니 앞이 캄캄해지고 말문이 막혀 말이 제대로 될지 모르겠습니다. 회사 가족 여러분들도 인정하시겠지만, 자동차산업이란 국내만이 아니라 전 세계를 대상으로 해야 하는 수출기업으로 수출길이 막히지 않고 연속 이어야 그래야 회사 가족 여러분도 회사 경영자인 저도 밥을 먹고 살 건데 맞닥뜨려진 상황은 그렇지 못해 고민입니다.

우리나라 경제 불황만이 아닌 국제적 불황이기는 하지만 당장은 수출이 매우 저조한데, 자동차 수출 저조가 단시일에 회복되지 않고서는 회사가 문을 닫게 될지도 모르겠다는 고심 끝에서 생각을 해낸 것이 회사 가족 여러분들의 임금을 좀 낮추자는 것입니다. 당분간만 이런 저의 제안에 여러분들께서는 통 큰맘만 허락해 주신다면 회사경영자로서 더 할 수 없이 고마움으로 회사경영에 임하겠습니다.

그러니까 그동안 가지고 싶었던 빌딩도 고급 자동차도 저는 가질 필요가 없습니다. 회사 가족 여러분들이 행복해 하실 때까지는…. 누구는 그러데요. 인력구조조정 없이 회사경영은 어려울 거라고. 그러나 저는 회사경영이 어렵다는 이유로 정리해고는 절대로 안 할 겁니다. 저는 회사 가족 여러분들과는 같이 해야 할 공동운명체로 알고 회사경영에 임하겠다는 말씀을 분명히 드리겠습니다.

회사설립 당시에는 나도 돈 좀 벌어보겠다는 맘으로 쌍용자동차를 설립했지만, 기업인 공부를 하고부터는 생각을 바꿨다고 할까 그렇습니다. 직원이 행복하지 않고서는 회사를 경영하는 입장도 행복할 수는 없다고….

그렇다는 것을 알고서야 어찌 제 개인 소유의 빌딩은 뭐고, 보유 주식은 뭐고, 고급 자동차는 다 무슨 소용 있습니까. 어떻든 인력 구조조정만은 안 할 것이니 좀 어렵더라도 어떻게든 회사만은 살립시다.

회사 경영자로서 이런 말은 죽기 전까지는 하지 말아야 할 텐데 회사 문을 닫을 수는 없고, 그래서 말이지만 정말 미안합니다."

이런 정도의 양해도 없이 해고시키는 기업을 정부에서는 질타 못 하고 해고를 당한 직원들만을 탓해서는 제2, 제3의 한상균이가 언제든지 나오지 않겠나. 그렇다는 점에서 회사노조는 없어야 할 암적 존재가 아니라, 건전한 회사로 만들겠다는 각오라면 없어서는 안 될 필요한 노조일 수도 있다. 얼마든지 그런 이유의 구체적 얘기를 여기다 올리기는 좀 그러니 듣고 싶으면 불러 달라. 곧 달려갈 테니.

한상균 민주노총 위원장에게도 말한다. 불법시위이기는 하지만 당당하지 못하고 절간으로 들어가 민폐를 끼치면서까지 숨어 있어 있어서야 어디 민주노총 위원장이라고 하겠는가. 남자로서도 창피하지 않은가. 어차피 붙잡힐 거면 시위 현장에서 붙잡히든지 그래야지, 말도 안 된다.

그렇게 졸렬한 사람이 어떻게 민주노총 위원장이 되었는지 여간 궁금하다. 대한민국 사나이들의 자존심을 확 꺾어버리는 처사로, 지금이라도 미안하다고 공개사과하고 민주노총 위원장 자리에서 내려와라. 민주노총 위원장이라면 목에 칼이 들어와도 국가 통치권자와 맞짱 붙을 만큼 당당해야 한다는 것이 촌로의 본다.

당당한 권리

그대들과 나
나와 그대들
만나야 할 이유는 없다

그렇지만

그대들은 벼슬 앞에서 굴종일지 몰라도

나는 건강 차원의 걷기다

산다는 것

넉넉할 수도 부족할 수도

말할 수 있는 민주사회

지켜야 할 사회질서의 가치

대한민국 국민으로서의 의무

싫고 좋고가 없다면

선거 날 투표장에서의 권리

유권자로서 당당해도 되나

나 한 번?

7장

고3 학생이
내게
종교를
묻는다면

종교는 있어야 하는가

물리학자 '스티븐 호킹'박사는 천국은 없다. 그러므로 천국이나 사후세계가 우리를 기다리고 있다는 믿음은 죽음을 두려워하는 사람들을 위한 동화일 뿐이다. 마지막 순간 뇌가 깜빡거림을 멈추면 그 이후엔 아무것도 없다. 뇌는 부속품이 고장 나면 작동을 멈추는 컴퓨터라고 했다.

그렇다. '스티븐 호킹'박사는 세계가 인정하는 물리학박사로 기독교인이 아닌 담에야 물리학으로 말하는 것도 어찌 보면 이해 못할 바는 아니나, 신의 존재를 물리학으로 해석할 수는 절대로 없는 것이 신이요, 영의 세계요, 믿음이다. 만약 신의 존재를 물리학으로 해석이 가능하다면 그때부터는 이미 신이 아닌 것이다.

스티븐 호킹 박사 생각대로 종교를 무가치한 것으로 보든, 안 보든, 기독교적으로 인간들은 어떠한 근거로 신의 존재를 믿을 수 있겠는가. 천국이 있다고 믿는다면 천국에는 어떻게 갈 수 있는가. 종교를 구분지어 보면 개신교, 천주교, 불교, 이슬람교 등으로 갈라져서 그들이 만들어낸 허구를 저마다 자신들의 종교가 옳다고 하겠지만, 종교란 마음 약한 어리석은 자들의 자기 위안 같은 것은 아닐까?

소설 『아리랑』, 『태백산맥』, 『한강』을 쓴 조정래 작가는 종교에 대해 '정치와 종교'이 두 가지는 인간이 만들어낸 것 중 없앨 수 없는 사회악이고, 창조주니, 절대자니 하는 것은 우상이며, 인간 심리를 옥죄는 것이다. (조정래, 『황홀한 글감옥』, 시사IN북, 2009.)

소설가 조정래가 말한 대로 종교란 바로 그런 것일까?

종교들을 다 종교라고 말하기는 구분되어야 할 참 종교인지를 말을 해야 한다면 자기가 신봉하는 종교를 참 종교라고 할지는 몰라도 인간으로 세상에 태어난 이상 잘살기 위해, 행복하기 위해, 몸부림이 아니라 역설적으로 죽기 위해 태어났으며 죽음은 그 누구도 피할 수 없는 필연으로, 그런 필연 때문에 종교가 있게 된 것이라고 누군가는 말하고 있지 않은가.

종교에 대한 그런 논리가 맞는지는 인간 개개인 논리에 있겠지만, 자기가 신봉하는 종교는 절대적이라고 할 것인데 거기다 대고 종교는 있어야 하는가를 묻는 것은 상식적으로도 맞지 않다.

불교는 종교인가, 철학인가

종교란 대상주가 있어야 하고 내세관이 있어야 한다면 불교는 대상주도 내세관도 없으니 종교라고 말할 수 있겠는가. 그렇게 봐서도 불교는 종교로 보기보다는 철학으로 봐야 할 것이라고 누군가는 그렇게 말했는데, 나도 거기에 동의하고 싶다.

불교는 믿음을 가지고 있지 않으며 오히려 신의 존재를 부인한다. (데미엔 키언, 『불교란 무엇인가』, 현대신서, 1998.)

불교를 알고자 절로 들어가 3년 동안을 죽어라 공부를 해봤지만 불교가 무엇인지를 도저히 알 수가 없었다. (김성동, 『만다라』, 새움, 2015.)

석가모니가 깨달음을 얻고 3천 배를 하고 있는 사람에게 가르침으로 절을 하려거든 나를 낳아주신 부모님께, 관계성을 이루고 살아가는 이웃에게, 어떤 형태로든 내게 도움을 준 사람에게, 이 세상에 존재하는 모든 것들에게 고맙다는 맘으로 절을 하라.

석가모니가 말한 대로라면 불교에서 행해지는 108배니 3천 배는 온 세상 만물 중 미물들까지도 나보다 더 높게 여기겠습니다가 맞지 않는가. 절하는 손 모양을 보더라도…

불교는 깨달음의 종교로 온전히 깨달(대각)은 자는 오로지 석가모니 한 분뿐으로 석가모니의 깨달음이 무엇인지 아는 사람 누구도 없다면 불교란 무엇인가?

불교도인들 물음에 스님들은 답을 내놔야 할 것이다.
기독교처럼 '예수 천당' 이렇게 쉽게까지는 못 되더라도, "불공을 드리십시오."라고만 말할 게 아니라.

천당이니 극락이니 그런 건 없는 것입니다.

(불교계 어른 총무원장, 수년 전 여의도 광장에서)

극락을 말하지만, 중간에 누군가가 만든 것이다.

(고 이성철 종정, 원단元旦에서)

석가모니는 인간에게 생로병사가 왜 있게 되었는지에 대해 고민하다 그것을 알아내기 위해 결국은 출가를 해 깨달음을 얻었다는

데, 그러기까지는 사랑하는 가족과도 인연을 끊어야 한다는 데 있어, 아들 이름을 장애물이라는 의미인 '라훌라'라고 지었다고 한다.

그렇다면 불교는 수행의 종교로 수행하려면 사랑하는 가족과의 인연도 대각을 할 때까지는 끊어야 한다면 그만큼의 고통이 따른다는 얘길 테지만, 그렇게 해서 얻어진 결과가 아무것도 아니면 무엇 때문에 수행을 하려는지 궁금하지 않은가. (불교는 우리라는 단어가 없다.)

고 이성철 종정은 1982년도 법어에서 자기는 부처 앞에 절을 하거나 목탁을 치거나 염불하지 않았다면서도 제자들에게 3천 배를 하라고 했고, 1987년 초파일 법어에서는 "사탄이여, 어서 오십시오." 부처님도 마귀도 똑같은 분입니다.

그는 1989년 설법에서도 '부처님은 지옥에서 고통을 받는 중생들을 안락한 곳으로 갈 수 있도록 돕기 위해 안락한 극락에 계시기보다는 지금까지도 지옥에 계시다.'

천당과 지옥은 어리석은 환상으로 마음의 눈을 떠 지혜를 가지면 이 환상은 저절로 없어지는데, 그때는 전체가 부처로 천당과 지옥이라는 이름도 찾아볼 수 없다.

그는 또 1990년 신년법어에서도 악마와 부처는 한 몸으로 공자와 노자가 함께 태평가를 부를 때 성인세상이 도래해, 금강산 봉우리마다 연꽃이 피고, 낙동강 굽이마다 풍악이 울릴 것이므로 극락을 말하는 것은 잘못이라고 했단다.

그러면 수행으로든 깨달았다 하더라도 신을 부정하는 이상 기도는 있을 수 없는 일로, 기도는 어디까지나 신에게만 드리는 것이다.
그렇다는 점에서 참 종교라고 말할 수 있으려면, 대상주가 있어야 하고 내세관이 있어야 한다. 석가모니는 대각을 한 사람이지, 대상주가 아니지 아니한가.

불교인들이 숭상하는 미륵불, 미륵불은 56억 7천만 년 후에 세상에 나타나 석가모니처럼 천상천하 유아독존일 거라는 말도 현재를 살아가는 인간, 곧 '나'라는 존재와 무슨 상관이 있으며 상관이 있다면 어떤 의미일까.

인간의 생명이 56억 7천만 년까지는 못 되더라도 18만 년을 살았다고 하는 동방삭이만큼도 못 사는, 많이 살아 봐야 백 년 정도밖에 더는 못 사는 인간들인데도 말이다.
극락도 그렇다. 신이 없고 극락이 없다면 불상을 만들어놓고 절하는 것은 어딘가 좀 어색하지 않은가.

불교는 인과의 법칙 차원에서 윤회를 말하고 있지만, 윤회를 믿어야만 불교인이라고 말하지 않는다. 불교는 도덕적이고 양심적으로 살아온 사람의 경우 '만약 다음 세상이 있다면 천당에 태어날 것이고 만약 다음 세상이 없다 해도 이 사람은 현생에 원한 없고 악의 없고 고통 없이 행복하게 살 것이다.'라고 설명한다.

자신의 운명은 자신이 지은 행위, 즉 선인과 악인과의 원리에 의해서 결정되는 것이지, 신이나 절대자가 결정해 주는 것이 아니기 때문이다.

불교의 연기법은 '이것이 있으므로 저것이 있다. 이것이 발생하므로 저것이 발생한다.'는 조건 발생의 법칙이다. 다양한 조건에 의해서 결과가 나타나는 것이 무한히 계속되고 있다는 것이다.

이것을 진화라고 부를 수도 있겠다. 그러나 불교는 진화의 시작, 즉 최초라는 시간개념은 설정하지 않는다. 최초라는 어떤 지점을 설정하는 것은 또 하나의 어리석음이라고 본다. 불교의 시간관은 무시무종이다. 불교에서는 우주를 수축과 팽창으로 설명하며 하나의 우주가 생성되었다가 파괴되는 기간을 겁이라고 부른다.

언젠가 생명의 합성, 무병장수의 시대도 가능할 것 같다. 이처럼 과학이 끝없이 발달하면 신의 존재도 부인되는 것이 아닐까?

불교는 2,600년 전에 이미 창조신을 부정했다. 현대의 과학도 그

렇게 보고 있는 것으로 안다. 불교는 생명이 합성되고 무병장수의
시대가 오더라도 인간이 평화와 행복을 누릴 것이라고는 보지 않
는다.

왜냐하면 인간의 감정과 생각이 끊임없이 변화하고 외부의 대상도
끊임없이 변하고 있기 때문이다. 완벽한 환경이 인간의 행복에 필요
조건이 될 수는 있어도 충분조건은 되지 못한다. 스스로 삶의 의미
를 발견하지 못하고 삶의 방향을 잡지 못한다면 설사 그가 천국에 있
어도 그 천국은 지루한 천국이 될 것이다. (고 이성철 종정 신앙 자료실)

기독교인으로서 불교를 말하기는 좀 그러나, 불교는 생로병사가
왜 있어야 하는지를 아는 것이 대각이고, 우리가 살아가는 세상은
고해로 인간은 윤회에서 벗어나는 것이 해탈이라면 해탈은 세상
복과는 전혀 상관없을 뿐더러 기도라는 것도 없는 것인데 어찌 된
셈인지 기도를 한다. 기도란 신이 있음을 전제로 해야 하는데.
그놈의 복이 대관절 뭐길래. 복을 그리도 찾는지?
어느 종교든, 종교란 세상 복과는 전혀 상관이 없다.

기독교는 참 종교인가

성경에는 하나님이 천지를 창조하셨고, 예수님은 동정녀에게서 탄생했고, 죽은 자 가운데서 부활 승천하셨다고 성경에 그리 설명되어 있다. 하지만 말도 안 되는 얘기들이라 그것을 다 믿을 수는 없다 하더라도 인간사 사후문제는 누구든 궁금하지 않을 수 없는 죽음에 관한 문제로 그 누구든 세상이 끝남을 맞이하게 될 것이다. 그렇다면 천국과 지옥이 있음을 믿든, 안 믿든 답을 내놓기는 기독교밖에 없음을 인정한다면 그대는 그런 문제에 있어 고민을 해봄이 어떨까.

한때 정치인으로 국민회의라는 당 총재 대행도, 주일대사도 역임했던 고 조세형의 조부 조덕삼과 이자익의 백여 년 전 얘기로, 조덕삼은 전북금산지역 유지고, 이자익은 조덕삼의 마부로 그런 관계지만, 조덕삼은 마부인 이자익을 신학 공부를 하게 해서 담임목사로 섬겼다는데 현대에 와서도 가능한 일일까? 이건희 삼성그룹 회장은, 회사 쓰레기를 치우는 좀 천한 직이라면 천한 직인 그런 사람을 자기 방으로 불러내 술 한잔 드시오.

술을 따라주는 그런 일보다 몇 배 더 어려운 양반과 종과의 신분을 확 바꿔 살아버린 조덕삼, 그렇게까지는 기독교가 만들어낸 기적이라고 해야 하지 않을까.

당 시대가 아닌 50년대 초반까지도 대장간에 가면 나이와 상관없이 대장간 주인을,

"어이, 이렇게 좀 해줘."

하대를 했는데 대장간 주인은 종이 아님에도 천민대접이라 많이 속상했으리라.

종이라는 신분은 죽어서도 길가에 죽어 있는 들고양이처럼 풀밭으로 내 던지듯 묻어 버린다. 그런 풍습임에도 양심이 살아 있고 점잖은 양반은 묘 봉은 아니어도 곱게 묻어주었겠지만….

종은 밥그릇도 없다. 그냥 바가지다.

얼어 죽을 만큼의 추위가 아니라면 따뜻한 방에 들어가 쉴 수도 없다. 밥도 방 안에서 먹을 수 없다. 양반 앞에서는 고개를 들 수도 없다. 죽는시늉까지도 해야 한다. 글 읽는 소리도 들어서는 안 된다. 공부를 하고 싶어도 종이라는 규율 때문에 공부는 엄두도 못 냈는데, 종이 공부를 하게 되면 뭘 알게 되어 양반 보기를 속눈으로 볼 것이고, 시키는 일도 마지못해 하게 될 것이다.

어디 우리 민족만 이랬겠는가. 다른 만족도 비슷해서 '나 같은 죄인 살리신' 이 찬송을 만든 신부는 과거에 흑인들과 무역했는데, 그런 업체에서 일했다는 죄책감 때문에 회개한 것이 바로 이 찬송이라고 하지 않는가.

시대상이기는 하나 말도 안 되는 풍습이었겠지만, 종은 그래서 공부를 못하게 원천봉쇄를 해버렸는데 양반들의 잔악상이라고 말해도 될까. 오늘날에서도 귀여운 손주를 "아이고, 우리 강아지." 그런 말도 상놈임을 확실히 해두기 위한 양반들의 속셈이니 참고로 하시길.

50년대 초까지만 해도 갓 낳은 아기일지라도 아기마님이라 불렀는데 마님은 영원한 마님, 종은 대대로 종(종이라는 말은 본인에게만 해당되는 말로 목회자를 말할 땐 목사님이라고 해야). 그런 시대에서 종과 양반과의 신분을 바꿔 살았다면 이것은 기적이 아니고 무엇이겠는가.

비행기 추락에서 살아남았다면 기적이라고 말할지도 모르겠지만, 비행기 추락은 다 죽어야 한다는 이유도 없고, 죽을 수밖에 없는 말기 암 환자가 건강해졌다면 기적이라고 말할지 몰라도 그것도 의학 수준이 아직은 거기까지 뿐이라고 말해야 맞다.

양반 조덕삼의 행적을 기독교에서는 기적이라고 말하지 않고 하나님의 은혜라고 말하는데 신앙심을 절대로 했던 조덕삼의 집안은 대대로 존경받는 집안으로 지금까지도 이어지고 있다면 영혼 문제만이 아닌 삶에서도 다시 봐야 하지 않겠는가.

천국과 지옥은 있는 건가

결론부터 말하자면 주검 이후 영혼문제를 절대자에게 맡기는 것이다. 그러니까 예수를 믿는 것은 내세관을 말함인데, 그렇다면 절대자가 있다는 말인가? 이런 문제에 있어 시험 치르듯 기독교인들에게 묻는다면 어떻게 대답할까?

당연히 신앙심으로만 말할 것이 아닌가. 그러나 모른다가 정답이다. 하나님이 계시다고 강력히 주장을 해도 우리는 알 수가 없다. 믿기조차 어렵다. 그렇지만 신의 존재를 그냥 믿는 것이다. 그냥 믿는다는 것은 맹신일 수도 있겠으나 그것이 신앙이요, 종교인 것이다.

믿음에 대해 예수께서는 분명한 말씀을 하고 계신다.

'내가 어디서 오며 어디로 가는 것을 알거니와 너희는 내가 어디서 오며 어디로 갈 것을 알지 못하느니라.'(요한복음 8장 14절 하반절)

내가 곧 길이요, 진리요, 생명이니 나로 말미암지 않고는 아버지께로 올 자가 없느니라.(요한복음 14장 6절)

'우리가 사는 지구에 존재한 것들 모두는 그냥 자연이 아니다. 어떤 힘에 의해 움직인다.' (아놀드 조셉 토인비, 『미래를 살다』, 문예출판사, 1981.)

아놀드 조셉 토인비의 말로 어떤 힘이란 창조주를 일컫는다. 토인비는 세계가 인정하는 근세 최고의 역사학자로 일본경도산업대학 와까이즈미 교수와 종교문제 얘기에서 이렇게 말을 했는데 그는 영국 사람으로 종교가 없어서인지 예수는 가공 인물이라고 했다.

그렇다. 예수의 흔적이 어디에도 없어서라면 역사가는 흔적으로 말해야 할 것인데, 예수는 부활 승천했으니 흔적이 없음은 당연하다. 물론 믿음으로만이지만 세상에 존재하는 생태계마다 신비, 그 자체임을 부정할 이유는 아무 데도 없다. 다윈의 진화론도 따지고 보면 창조의 의미를 전재하지 않고는 논제 자체가 성립이 안 된다.

사후세계를 말한다면 나는 군대생활에서 입은 큰 부상으로 수도육군병원에 입원 치료 중일 때 주사 쇼크로 인해 약 삼십여 분간을 비몽사몽 정도가 아닌 전혀 딴 세상을 체험해 봤다. 그곳은 천국도 지옥도 아닌 이상한 세계라, 안 되겠다 싶어 되돌아왔지만 (물론 내 맘대로가 아닌), 그런 체험이 아니어도 신은 존재하며 영의 세계를 나는 신앙한다.

크리스천이란

크리스천이란, 성결한 자를 말함으로 성결은 신자로서 흠 없음을 말한다면 세상에 흠 없는 신자가 어디 있겠는가. 그러나 흠을 가리는 신앙생활이라는 것이 있다. 신앙생활이란 한 단어 같지만 여기서는 두 단어로 신앙은 하나님과의 절대적 관계로 주관적이라 하겠고, 생활은 신앙인으로서의 행위를 말함이라 객관적이라 할 것이다. 이렇게 주관적인 것과 객관적인 것이 상호관계성을 이루고 바로 세워질 때 거기서 주어지는 것이 교회에서 대접해주는 성도라는 칭호요, 사회로부터 인정받게 되는 크리스천인 것이다.

기독교인으로서 눈을 감고 기도를 해야만 기도가 아니라, 무슨 일이든지 성경 말씀에 비춰 그것이 합당한지를 맘속으로 살펴보고, 하나님께 여쭤보듯 하는 것이 당연함에도 그것들을 잠시 잊기라도 했는지 그러지 말았으면 하는 잡음들이 공개될 땐 기독교인 입장에서 어리둥절해지기도 한다. 그렇지만 인간들에게는 태초부터 선도 악도 지니고 있음을 인정한다면 종교문제가 아니라 어디까지나 개인문제로, 고3 학생들이나 이런 말을 하게 되는 자신이나 이해하지 못할 바는 아니다.

내일의 찬란한 꿈을 실현하기 위해

오늘에 서 있는 고3 학생, 그대들이여!

보다 나은 사회를 만들기 위해

자신이 존재한다는 것을 한시도 잊지 말 것이다.

어느 망자의 인사말

"여러 가지로 바쁘신 가운데에서도 이렇게 와주셔서 감사합니다. 제가 살아오면서 그동안 여러분들에게서 받은 사랑과 위로 덕분에 건강할 때는 물론, 긴 투병기간에도 행복했습니다.

이제야 저의 장례식을 통해 고맙다는 말씀을 전하게 됨을 양해해 주시기 바랍니다.

죽음의 길은 많은 분들이 이미 간 길이고, 또 모두 갈 것이기 때문에 삶을 당당하게 여기듯 죽음도 특별한 일이 아니라고 담담하게 받아들이고 있습니다만 사랑하는 사람, 익숙한 일상과 영원히 헤어진다.

그런 생각을 하니 아득한 느낌인 것을 부인할 수 없었습니다. 그러나 여러분과의 소중한 인연은 삶과 죽음의 경계를 넘어 영원히 남아 있을 것입니다. 제게 주어진 가장으로서의 소임은 부족한 대로 마무리를 졌습니다.

많은 분들의 축복 속에 제 딸의 혼사를 치렀습니다. 가장 슬퍼할 제 처와 사랑스러운 딸은 하나님께서 돌봐주시리라 맡기고 나니 홀가분해졌습니다. 제가 없더라도 두 사람을 격려해 주시기 바랍니다."

세상을 떠나기 전 지인들에게 드리는 인사말로 고마운 말이지만, 한동안 거대 중국을 통치했던 주은래 부부는 자기 시신을 의료 연구용으로 쓰라고 했고, 중국을 현대로 바꿔 버린 등소평은 자기 유분을 홍콩 앞바다에다 뿌리라고 해서 그렇게 했다면 나는 누구인가. 그런 생각으로 50대 초반에 죽음 후에 생길 일에 대해 내린 결론으로 시신을 의학연구용으로 등록했는데(사랑의장기기증운동본부) 만약 필요 없게 될 경우 아무것도, 말하자면 추도식 같은 것도 하지 마라. 그리 말해도 그렇게 이행될지는 산 사람들의 몫이겠지만. 국립현충원에 가보면 대통령들의 묘가 아예 능 같던데 비문에는 그동안의 자랑거리가 새겨져 있음을 보면서 아, 해진다.

하관식에서 조사

고모님! 당신께서는 지금 하나님의 부름을 입으셨습니다.

그러기에 절차에 따라 하관식 예배를 드립니다. 그런 자리에 당신의 아들, 딸, 손자, 며느리, 사위와 당신의 형제 중 마지막이신 동생이 서 계십니다. 또한 당신의 조카들도 당신 아들이 담임으로 하는 은혜동산교회 여러분들도 당신이 평생 섬기시던 염산제일교회 최사채 목사님과 교회 여러분도 서 계십니다. 당신을 아시는 분들도 천국 가시는 당신의 모습을 지켜보고 계십니다.

이렇게 엄숙한 자리에 저도 서 있습니다. 고모님, 당신께서는 아버지이신 최방현 씨와 어머니이신 정내동 씨의 셋째로 이 세상에 나시고 11살 되시던 해에 함평군 대동면 서호리 호정이라는 동내에서 옥실리인 이곳으로 오시고 김삼동 씨와 혼인하시어 4남매를 이 세상에 심으시고 구십여 성상을 사시다가 하나님의 부르심으로 삶을 내려놓으셨습니다.

고모님, 당신께서는 저의 건강 때문에 기도 많이 하셨지요? 새벽

기도회 때마다 당신의 모습이 떠오릅니다. 당신의 간절한 기도 때문인지 지금은 건강이 많이 좋아졌습니다. 그래서 천국 가시는 당신의 모습을 보게도 됩니다.

그동안 조카로서 마땅히 위해드려야 했음에도 그러지를 못했습니다. 고모님 죄송합니다. 고모님, 사람이 살다 보면 크고 작은 아픔과 어려움이 어찌 없으리오 마는 당신께서는 기억하기조차 싫은 엄청난 고초와 아픔을 남달리 겪으셨습니다. 뿐만 아니라 시대변천에 따른 산업화가 가져다준 외로움을 안고 생을 내려놓으실 때까지 살아오셨습니다.

고모님, 당신께서는 옥실리라는 마을에 한 노인이 세상을 뜨신 것이 아니라 염산제일교회 최이예 권사님이 하나님의 부름을 받으셨고, 위대한 어머니께서 할머니께서 천국으로 가시는 것입니다.

고모님! 당신께서 가시는 이 길은 이 자리에 여러분들도 저도 해당되는 일이기에 그 누구도 아니라 하지 못할 것입니다. 사람들은 그걸 잘 알면서도 보다 윤택한 삶을 살고자 오늘도 분별없는 몸부림을 하는 것 같습니다.

고모님! 당신께서는 지금 그런 점들이 모두가 다 헛되다는 것을 이 자리에서 몸소 보여주고 계십니다. 이것이 인생의 마지막 길이라고. 고모님, 당신께서는 지금 천국으로 가십니다. 거기에는 먼저 가 계시는 고숙님께서 마중하실지도 모르겠습니다. 당신께서 지어드린 옷차림하시고….

독서는 인생을 바꾼다

이 지구상에 지금까지 나와 있는 수많은 책 중 성경이 단연 제일 많고 성경을 읽고서는 딴사람이 되는 경우는 헤아릴 수 없이 많은데 그런 성경 말고도 꼭 권하고 싶은 필독서가 있다.

도스토엡프스키 저서

『죄와 벌』

김용기 저서

『참 살길 여기 있다』

『가나안으로 가는 길』

『심은 대로 거두리라』

『이렇게 살 때가 아닌가』

『죄와 벌』이 작품의 줄거리는 가난 때문에 대학을 중퇴한 라스콜리니코프는 5층집 꼭대기에 있는 다락처럼 생긴 조그만 방을 빌려 살고 있다. 가난했기 때문에 그는 시계, 담배 케이스 등을 맡기러 전당포에 자주 들르게 된다. 그곳의 주인 알료나 이바노브나는 이자까지 악착같이 받아내는 인정 없는 노인이다. 이에 앙심을 품은 라스콜리니코프는 그녀를 죽이기로 한다. 어느 선술집에서 만난 퇴역관리 말메라도프를 알게 됨으로써 그의 딸 소냐에 대해 듣게 된다. 소냐는 가난한 가족의 생계를 위해 창녀가 되어 자신을 희생시키면서까지 돈을 번다. 우연히 시장에서 알료나 이바노브나의 여동생 리자베타의 이야기를 듣고 노파가 혼자 있는 시간을 알게 되고, 그때가 바로 노파를 죽일 기회라고 생각한다. 마침내 그는 노파를 죽일 도끼를 들고 전당포로 찾아간다. 돈을 빌리러 온 듯 가장하면서 노파가 옆방으로 간 순간 일이 발생한다. 그는 문이 열린 것도 모른 채 살인을 저지르고 도망을 친 것이다. 그 와중에도 그는 돈을 훔치는 것은 잊지 않았다. 결국 그 돈은 어떤 돌 밑에 묻히지만 말이다. 선술집에서 우연히 알게 된 말메라도프의 죽음으로, 라스콜리니코프는 어머니가 어렵게 송금해 준 25루블을 노 관리의 장례비로 줌으로써 그 집 식구와 밀착된다. 라스콜리니코프의 동생 두냐는 오빠의 반대와 루진의 속물근성을 알아채고, 오빠의 절친한 친구 라주미힌과 가까워진다. 이때 그녀의 뒤를 따라 페테르부르크로 온 스비드리가일로프는 그녀를 사랑한다며 괴롭힌다. 우연히 소냐와 라스콜리니코프의 이야기를 듣고 그가 범인이라는 것을 확신하게 된 스비드리가일로프는 그것을 빌미로 그에게 힘을 행사하려 한다.

라스콜리니코프는 자수를 하려고 여러 번 시도하지만, 그때마다 다른 용의자가 나타나 결국 기회를 잃고 만다. 그러나 끝내 소냐의 간절한 소원으로 그는 자수를 하고 시베리아로 유형을 떠나게 된다. 소냐 역시 사랑하는 라스콜리니코프 향해 시베리아로 떠나고 매월 한 번씩 친구 라주미힌에게 라스콜리니코프의 소식을 전한다로 끝을 맺지만….

기독신앙인 입장에서 본 줄거리는 '죄와 벌' 제목만으로도 기독교를 말하고 있지 않은가. 작가는 기독신앙을 문학이라는 이름을 빌려 말하고자 했다. 청년, 전당포 주인, 매춘부 이 세 부류들을 등장시켜 청년은 전당포 주인을 자기 나름의 정당성을 가지고 살해를 하고서 성욕을 채우려 매춘부를 찾아갔지만, 매춘부 방에 내걸린 십자가를 보고는 괴로워하는 것으로 책은 끝을 맺는다.

그렇다. 권력자도(청년), 부자도(전당포 주인) 인간심리상 어느 사회든 그것을 인정 안 할 수는 없겠으나 하나님이 인간으로 오시기는 권력자, 부자들을 위해 세상에 오신 것이 아니라 힘들어 하는 삶들을 위해 오셨음을 강조하기 위한 책으로 올바른 신앙관을 가지라는 지침서이다.

가나안농군학교 교장 김용기 장로님의 저서는 기독교인만이 아닌 오늘을 살아가는 사회인이라면 그 누구든 자신의 정신세계를 정립하라는 그런 책으로, 이론이 아닌 혼이 담긴 책이다.

김용기 장로님 인격의 토대는 기독교신앙이요, 그의 생활철학은 개척 주의자다. '가나안농군학교'는 새로운 인간 형성을 만들어내는 정신의 용광로이다. 그는 사랑의 옷과 겸손의 허리띠와 봉사의 발과 신앙의 면류관을 쓰고 황폐한 마을과 거친 땅을 갈며 이 겨레의 앞장을 달려간다. 말씀이라고 다 말씀이 아니다. 참된 말씀만이 정말 말씀이다. 우리는 그 책들에서 소중한 말씀을 수없이 발견한다. 그의 귀한 말씀이 한국의 산과 들, 도시와 농촌에 널리 울려 퍼지기를 간절히 바란다.

— 철학자 안병욱 —

김용기 장로님은 걸인이 두 번이든, 세 번이든 오게 되면 점심 한 끼 값은 꼭 주시곤 그랬는데, 어느 날은 어디 갈 일 때문에 너무 바쁘다는 이유로 그냥 돌려보낸 것이 마음에 걸려 다음에 또 오게 되면 그땐 미안했다고 말하고 두 끼 밥값을 주리라는 맘으로 있는데 때마침 그 걸인은 또 오기에 신발도 신는 둥 마는 둥 달려가 맘을 먹은 대로 두 끼 밥값을 주니 그 걸인은 김용기 장로님을 멍하니 쳐다보더라는 것이다.

그 장면을 본 아들들은 아버지가 그렇게 안 하셔도 될 텐데 하는 눈치를 보이기에 이것들아, 단 두 끼 밥값 가지고 그렇게 생각할 필요는 없다 했다.

현 가나안농군학교 김범일 교장이 학창시절 학생 복장으로는 남루한 것이 너무도 창피해서 아버지 앞에서 삐쳐 있는데 그런 아들을 보신 아버지 김용기 장로님은 이 녀석아, 그렇게 삐칠 것까지는 없어. 다른 학생들이 잘 입고 다니는 것은 다 내 덕이다. 그렇게 생각하면 맘이 편해지지 않을까? 아버지가 너를 창피하라고 그런 게 아니야 무슨 말인지 알겠지? 하시더란다.

조그만 건물에 세 들어 살 때다. 주일날 예배를 마치고 집에 들어가는데 칠십 대 후반쯤 되어 보이는 여자 노인이 건물 현관 옆에서 소주 빈 병 하나를 놓고 앉아 계시기에 금방 올라가지 않고 물끄러미 쳐다보니, 약을 사 먹어야 하는데 그러시지 않는가. 그 말을 듣고 약값이 얼마인지는 모르겠으나 2, 3만 원이 되지 않을까 싶어 잽싸게 집에 가서 돈을 가지고 내려와 보니 어디로 가셨는지 주변을 찾아봐도 안 계셔서 아, 잠깐 계시라고 할 걸. 얼마나 미안한지 지금까지도 맘이 편치 못하다.

생활형편이 괜찮은 분들께서는 어려운 처지들을 위해 지갑을 열면 잘했다는 생각에 잠도 잘 올 것이고, 잠을 잘 자면 건강은 저절로 일 것이라 보약이 필요 없지 않을까.

돈을 드릴 때는 손에다 쥐여드리는 것은 자존심을 건드리는 일이 될 수도 있으니 조심할 필요가 있다. 말하자면 오른손이 하는 일을 왼손이 모르게 하는 그런 식 말이다.

오래전 일로, 경기도 구리시에 사는 고종사촌 여동생이 설 명절을 쇠러 고향에 가다가 어린 아들을 잃는 사고가 있었다. 왕복 2차선이라 차가 거의 멈춰 있다시피해서 어른들도 힘들지만, 애들은 지루해 어쩔 줄을 모르는 데다, 오줌이 마렵다고 해서 조심스럽지 못하게 자동차 문을 열어주었더니 한가한 반대편 도로로 뛰어가다가 화물차에 그만 변을 당하고 말았다면서 어떻게 해야 할지 모르겠다고 하기에 죽은 자식 눕혀 놓고 돈 흥정은 안 된다. 그러니 어렵겠지만 용서해 주어라. 물론 전화로 말했더니 여동생도 맘이 천성적으로 여려 용서를 해주고 말았다는 소식을 듣고, 그래 잘했다. 칭찬을 해주었다. 물론 맘속으로. 그렇지만 따지고 보면 용서를 해주는 게 아니라 되레 화물차 기사에게 미안하다고 용서를 구해야 맞다. 똑똑한 정신이라면….

회사에서 있었던 일로 회사 운전기사가 장정 세 명을 데리고 와서 하는 말이 자기 장모가 목욕탕에서 넘어져 돌아가셨는데, 보상은 얼마를 받을 수 있겠느냐는 것이다. 농사만 지어 봤기에 농사일밖에 모르는 사람에게 법률적 문제를 물으러 찾아오다니. 보상은 얼마가 될지는 몰라도 받을 수는 있을 거라는 엉터리 생각으로만 대답을 하고서 보상금을 받으면 그 돈은 어디다 쓸 건가? 하는 말을 조심스럽지 못하게 했더니 우리 가세! 휑하니 가버리지 않는가.
현대사회에서 돈은 생명과도 같아서 그래서들 목숨을 걸다시피 하지만, 돈보다 더 중요한 기독신앙심이 있는데 그것이 무엇인지를 잘 말하는 책이 바로 가나안농군학교설립자 김용기 장로님의 저서다.

'하루라도 책을 안 읽으면 입에 가시가 돋는다.'

안중근 열사가 말해 유명해진 말로, 책을 세 손수레 정도는 읽어야 비로소 세상사 뭘 좀 안다고 그리 말을 하는 사람도 있으나 그렇게 많은 책을 읽었다고 해도 책을 읽은 효과의 영향이 이웃에게로 사회로까지 아니라면 아무것도 아닌 것이다. 공부를 많이 했고 벼슬도 한 사람들 집에는 수많은 책들로 채워져 있는데, 없으면 안 될 책들 말고는 다 버려라.

나도 그동안 책을 보기는 했으나 또다시 볼만한 책이 아니면 누굴 주거나 아니면 버리기도 했다. 그렇지만 가정은 혼자가 아니라 불필요한 책들을 버리지 못하고 지금도 가지고 있는데 그것도 눈치를 봐가며 버릴 생각이다.

그 집에 꽂힌 책을 보면 그 사람이 어떤 사람인지를 알게 된다고 하지 않는가. 어느 작가는 자기가 소장하고 있는 책이 2만 권이 넘는다고 말한다. 많은 책을 소장한 것이 자랑이 될 수 없는 데도….

우리가 살아가는 사회는 밝아야 한다. 그렇지만 창조된 천성 말고는 그런 사회를 만들기는 사람마다 내가 살아야 한다는 욕심 때문에 인간다운 삶을 살아가기는 그렇게 쉽지 않으리니 양서를 많이 읽어 그것으로부터 생각을 바로 세우자는 것이다.

꼭 그래서는 아니나 전문서적이 아닌 일반서적을 대할 땐 몇 페이지만 봐도 가치 있는 책인지를 알 수 있는데, 책을 볼 거면 무언가를 얻을 수 있는 가치 있는 책을 골라 읽으라는 것이다.

어떻든 책은 자신에게 있어 삶의 지혜를 터득하는 데도 있겠지만, 역시 책을 많이 본 사람이라 다르기는 다르다. 그런 말이 사회에 자자해야 한다는 것이다. 물론 많은 책을 본 사람인지를 스스로 말하지 않고는 아무도 모르겠지만 말이다.

대부분의 책들은 영혼으로 쓰인 책들이 아니라서 수많은 책들을 봤다 하더라도 위에서 소개된 저서를 안 보고는 책을 봤다고 말할 수는 없을 것이라고 감히 말한다. 현재 나와 있는 수많은 책들은 얘기는 있으나 말이(메시지) 없다. 그러므로 앞으로 목회자가 될 맘으로 신학을 할 거면 먼저 김용기 장로님의 저서를 볼 것이며, 가나안농군학교에서 교육도 받아라.

어디 목회자의 길을 걷고자 하는 입장만이겠는가. 사회인들도 그곳에서 교육을 받으면 분명한 사람으로 바뀔 가능성이 충분할 것이지만, 거기까지는 여기서 말할 사안이 아닌 것 같고, 교회 중직(장로)을 맡을 분들은 가나안농군학교에서 교육을 받았으면 한다.

가나안농군학교는 기독신앙인이라면 세상 것에 생명을 걸다시피 너무 매달리지 말라고 설교 말씀을 수시로 듣는다. 하지만 그런 말씀은 성경뿐으로 국회의사당에는 기도처도 있어서 조찬기도회니 등등 여러 명분으로 모여 기도도 많이 한다는 말도 들린다.

그런데도 어찌 된 셈인지 종북성향이 분명한 인사가 국회의원 배지를 달았음에도 거기에 대한 얘기는 한마디도 없고, 다만 또 국회의원이 되고자 꼼수는 물론, 죽이고 살리고, 악다구니들을 그리도 부리는지 선량님들에게 아니, 기독교인들에게 묻고 싶은 맘이지만, 밉다는 생각만으로 이 글을 쓴다. 가나안농군학교는 잘나고 싶고, 누리고 싶고, 복을 바라는 엉터리 생각을 고쳐주는 병원일 수도 있으니 거기 가서 교육을 받을 수만 있으면 받아라.

전에는 15일간씩 세 차례였다는데, 지금은 모르겠으나 아직도 똑똑하다는 말 못 듣고 있으면 흐릿한 사람일 테니 똑똑한 사람으로 바꾸자고 한 번 도전해 보라. 기대의 효과를 거두리니.

시간이 모자란다면 책이라도 봐라. 그렇지만 오래된 책이라 서점에서 찾기는 힘들고 헌책방을 찾아보거나 가나안농군학교로 연락을 해보면 될 것이다.

나는 교육은 못 받고 책만 봤는데 삶이 무엇인가에 대해 얻은 것이 많아 권하고 싶은 맘이다. 학교에서도 고등학생들을 가나안농군학교로 보내 교육을 받게 하면 어떨까 싶다. 단기 교육은 2일간이라는 것 같은데 인터넷에 물어보면 될 것이고.

십자가

복 노래 한평생

내려놓기 그리도 싫은 망상

봄여름 갈 겨울, 오늘도

묘한 느낌의 장례식장

나이를 먹었다는

아들딸들아! 고3 학생들아!

노년들의 길, 읽어는 봤는가?

이것이 인생인 건데

영원할 수 없는 축복

부질없음의 언어

그대들 머릿속에서도 삭제해 버려라

십자가가 말하는

8장

나는
노인이
아니다
할아버지다

자유를 위해 목숨을 걸다

자유? 그래, 자유란 무엇이며 어떻게 설명되는 걸까.
그 누구에게도 불편을 주지 않고 행복할 수 있는 자유?
물적이든 정신적이든 선을 위해 봉사할 수 있는 자유?
국가를 위해 자신을 과감히 던질 수도 있는 자유?
잘살아보겠다고 생활전선에 뛰어들 수 있는 자유?
부모님을 언제든지 뵈러, 자식을 만나러 갈 자유?

인류 보편적 자유조차도 깡그리 무시된 암흑사회 북한.
인간으로서의 그 어떤 꿈도 꿀 수 없는….
그런 사회에서 우리 손자들이 날마다 커가고만 있지 않은가.
손자들에게 있어 할아버지라는 존재는 어떤 존재인가.
할아버지 눈에는 손자들을 향한 각오가 서린다.

21명 일가족의 목숨을 태운 20톤짜리 목선.

"오, 신이시여! 우리 가족을 굽어살피소서!"

응답이라도 한 걸까, 대체로 순해진 바다.

3시간 정도를 달려간 공해상.

섬으로 놀러 간다 해서 좋아 배를 탄 손녀가 묻는다.

"아빠, 지금 어디를 가는 거야?"

"남쪽."

평소와는 부드럽지 못한 무뚝뚝한 단답

손녀는 더 이상 물을 필요도 없음인지 운다.

아빠는 단답으로 남쪽이라고 그렇게 말을 했지만, 손녀는 직감적으로 알아차렸을 것이다. 북조선을 탈출해 남조선으로 가고 있다는 것을.

초등학교 상급생인데, 어찌 그걸 모르겠는가.

남조선 사정을 그동안 슬쩍슬쩍 듣기도 했을 터, 고모 식구들 모두도 배를 탔는데 우리 엄마와 작은 엄마만 배를 안 탔다.

북한 주민 일가족이 목선으로 귀순했다는 보도.

북한을 탈출까지를 주도한 사람은 젊은이도 아닌 노인.

할아버지는 말문을 여시다

목사님, 목사님께서도 알고 계시겠지만, 지옥과 같은 북한사회에서 그냥 커가는 우리 손자들을 보고 있노라면 잠을 이룰 수가 없어 결국은 이렇게 생명을 건 탈북을 했습니다. 그렇지만 의지할 곳도 없는 형편에 내몰린 우리 가족을 위해 자주 찾아주시고 기도해 주시고. 필요한 것들로 채워주시고….

안정감을 가질 수 있도록 도와주시니 감사하기 이를 때 없으나 두 며느리를 데리고 오지 못한 것이 너무도 한스러운데 탈북까지의 얘기를 목사님께 말씀을 드린다면,

"상호야!"

"아버지, 예!"

"아버지는 네 애들은 날마다 커 가고 있지만, 애들 장래 문제 땜에 잠이 잘 안 온다. 그래서 말인데 우리 탈북해 버릴까?"

부자간이라도 말을 조심해야 하는 엄혹한 북한사회.

조심스러워 눈치를 살피다가 말을 꺼내기는 했지만, 아들은 느닷없는 얘기라 깜짝 놀랐는지 나를 빤히 쳐다보데요.

"위험한 일이기는 하다만 생각을 해보면 너도 군대생활을 십여 년간 했지만, 남는 것이라고는 네 인생을 통째로 망가뜨려진 것밖에 더는 없지 않으냐?"

대답은 없으나 아버지 알겠습니다.

아들은 그런 표정이었습니다.

아들은 아버지 말씀이 맞습니다. 그런 생각으로 탈북을 행동도 바빴을 것입니다.

탈북을 하자면 배로 해야겠기에 우선 해안초소 근무병들부터 구워삶아야 하는데 말하자면 뇌물 같은 걸로 말입니다.

뇌물의 위력은 어마어마해서 높은 자리도 거머쥘 수 있지 않은가. 사실은 탈출도 뇌물이면 얼마든지 가능하다.

뇌물이 얼마나 크냐에 있기는 하겠지만, 지금까지도 어부로 생활을 하고 있기에 물고기도 담배 같은 것도 수시로 줬다.

그렇게 하기를 탈북 때까지….

"우리 가족들이 8월쯤 해서 섬 구경도 좀 하고 싶어 해서 갈까 그러는데 날씨는 괜찮을지 모르겠네?"

초병들의 눈치를 살폈을 것은 물론, 그동안의 뇌물 효과일 것이지만, 섬 구경을 잘하고 오라면서 방법까지 말하지 않았을까요? 뇌물로든 여기까지는 탈북을 하자는데 일차적 성공이다 하겠으나 문제는 우리 가족만이 아닌, 지 누나 가족들, 특히 열성당원인 제 아내와 제수?

"아버지, 어떻게 할까요. 누나 식구들과 제 아내와 제수를?"
나도 그 문제만큼은 너무 고민스러워 금방 대답을 할 수가 없어 넋이 다 나간 사람처럼 먼발치를 한참 멍하니 바라보다가,
"그래, 어떻게 할 거냐? 나도 그 문제 땜에 고민이다."

자유가 아무리 그립기로서니 탈북을 하자고 두 며느리를 떼놓을 수는 없는 일.
사람으로서는 말도 안 되는 짓.
그것도 남도 아닌 시아버지가….
정말 난감한 벽에 부딪혔습니다. 그렇지만, 그렇지만….
나는 죽자지, 살자가 아니다.

나는 시아버지이기도 하지만, 손자를 지옥에서 구해주어야 할 할아버지인 것이다. 그냥 늙어 죽어 땅에 묻히고 말 그런 할아버지가 아니라. 내 손자들에게 뭔가를 해주고 떠나야 저승에 가서도 조상들 앞에서 할 말 있지 않겠는가.

그런 각오이지만 바다는 항상 위태위태해서 목선은 공해상의 일
엽편주가 아닌가. 기계 고장 염려도 없는 통통배.

다행일까 배는 고장 없이 잘도 간다.

그렇지만 손녀는 섬으로 놀러 가는 걸로 알고 묻는다.

손녀는 운다. 울지만 울지 말라고 누구도 달래지 않는다.

아니 달랠 수가 없다.

손녀의 울음을 달래 수 있는 방법은 뱃머리를 돌리는 수밖에. 그
럴 수는 도저히 없다.

오, 신이시여!

우리 손녀가 그리도 웁니다. 신이시여.

우리를 도우소서.

우리를.

목사님, 북한을 고발할게요

목사님, 우리가 이렇게 남한으로 왔는데 우리의 탈북이 보도를 통해 알려지기는 했겠지만, 누구도 찾아주시고 고맙게들 하시는지 눈물이 다 날 정도입니다. 어데 갈만한 곳도 없는 우리 가족들이 교회에 나가는 것은 저희의 위안 장소이기도 해서 주일이 기다려지기도 합니다. 그렇지만 신앙에 대해서는 아무것도 모릅니다. 북한에는 교회가 없어 그렇기도 하지만….

김일성 주석 사망 때 땅을 치고 우는 모습을 TV를 통해서 많이들 보셨겠지만, 남한분들 추측대로 어쩔 수 없이 우는 그런 울음이 아닙니다. 진짜 울음입니다. 우리 며느리들도 그랬으니까요. 물론 그중에 가짜 울음도 없지는 않았겠지만.

북한에서는 시험문제가 주관식으로만 출제된다는 것을 알게 됐다. 이를 즉각 반영했다. 익숙한 주관식으로만 문제를 냈다. 그런데 논술문제는 두 줄도 못 쓰는 것이 아닌가. 게다가 거의 비슷한 답을 썼다. '충성에 대해서 자신의 생각을 쓰시오.'라는 문제에 대해 학생들은 거의 똑같이 적었다.

'하나밖에 없는 조국을 위해서 태양 같은 수령님을 바라보는 우리는 해바라기'라는 식으로 썼다. 이상하다 싶어 북한의 국어 교과서를 살펴봤다. 그제야 모든 상황을 이해할 수 있었다.
북한 청소년들은 교과서 본문에 제시된 원문을 읽고 그것을 외워서 쓰는 방식(원문통달 식)으로 시험을 봤던 것이다.
거기에서 한 글자라도 틀리면 점수가 깎였기 때문에 생각을 논리적으로 쓰는 것 자체가 생소했었나 보다.

북한 학생들은 '말하기', '읽기', '쓰기'는 하는데 '듣기' 교육은 받지 않았다. 그저 "당이 결정하면 우리는 한다."라고 외치며 살도록 가르칠 뿐이었다. 북한에서는 상대방의 이야기를 논리적으로 판단하고 비판하며 자신의 논리를 이끌어내는 교육은 원천적으로 하지 않았다. 작정하고 시험 문제를 쉽게 낸 적이 있다. 평균 90점 이상 나올 것 같아 걱정이 될 정도였다.

그런데 채점한 결과 평균 40점 정도가 나왔다. 너무 황당해서,
"얘들아, 이렇게 쉬운 문제를 왜 틀려?"

"잘 모르겠으면 묻기라도 해봐야지, 왜 묻지도 않니?"

다그치자 학생들은,

"선생님, 다 알고 몇 개를 몰라야 물어보죠. 다 모르는데 어떻게 다 물어봐요."라며 울먹였다.

"북한에서 배울 때 '왜'라는 질문을 해 본 적이 없었어요. '왜'라고 물으면 그건 반동이잖아요?"

"선생님께서 열심히 가르쳐주시는데 어떻게 모른다고 할 수 있어요." 그 말을 듣고 나는 찐했다.(2015.11.11)

−여명학교 조명숙 교감 요약본 −

두고 온 두 며느리 생각

목사님, 저는 두 며느리를 어떻게 해서든지 남한으로 데려다 놓고 죽어야 할 텐데 그런 생각에 잠도 잘 오고 그래서 두 며느리에게 미안하다는 눈물이라도 쏟고자 새벽기도회에 나가곤 하는데 목사님께서 그러시데요. 기독교가 전파되지 않은 외국 영혼들에게 복음을 전하기 위해 그동안 다니던 좋은 직장도 직업도 다 내려놓기까지 선교에 나선 선교사님들에게, 당 지시대로만 움직여야 한다는 북한 인민들을 위해, 그런 체제에서 신앙생활도 숨어서 할 수밖에 없는 북한 성도들을 위해, 남북통일이 하루라도 빨리 이루어지게 해달라는 기도를 하십시오. 그리 말씀을 하시대요.

그 말씀은 나를 향한 말씀이다 싶어 눈을 감는데 두고 온 두 며느리가 자유가 아무리 중한들 아버님으로서 그러실 수는 없잖아요? 울면서 원망스럽다는 표정으로 내 앞에 다가서네요.

전혀 예상치 못했던 일을 아나나 사실 앞으로 어떻게 해야 할지 답답하기만 합니다.

이럴 때 북한이 무너졌다는 보도면 안 되는 걸까요. 목사님!

며느리의 원망

아버님, 우리 두 며느리만 남겨두고 몰래 남조선으로 도망치듯 가버리시다니요. 그것도 내가 낳은 자식들까지 데리고요.

아버님의 생각처럼 자유가 중요하다면 얼마나 중하기에 두 며느리인 우리를 버리기까지 하시나요. 세상에 이래도 된다는 건가요, 아버님?

물론 한집에 살아도 생각은 다를 수가 있겠으나 북조선에서 주창한 것들이 옳든 그르든 살아가려면 거기에 순응해야 한다는 생각으로 노동당원으로서 활동을 하는 거고, 충성이라면 충성도 했을 뿐입니다. 그런 우리를….

국가 체제상 사회주의가 옳고, 민주주의가 옳고는 공부를 소홀히 해서 그런지는 몰라도 북조선도 인민이 잘살 수 있는 정책을 세우고 있을 것입니다. 저희는 그럴 것으로 믿고 지금까지 살아왔습니다. 그러기에 저희는 거기에 순응하는 뜻으로 열심히 했을 뿐인데 그것이 틀린 행동인가요, 아버님?

민주주의 ↔ 사회주의, 자본주의 ↔ 공산주의

이런 대립각을 북조선도 가지고 있다는 정도는 알고 있지만, 자유가 이 두 며느리를 버려도 될 만큼 중하다는 말은 없는 것 같습니다. 그래서 아버님의 생각을 이해해 드릴 수가 없어요, 아버님!

그래요, 이해를 한다고 합시다. 그러면 연락만이라도 주고받고 그래야 할 텐데 그마저도 없다면 우리는 어떻게 해야 할까요.

부모에게 있어 자식이란 어떤 존재인가요. 생명이나 다름 아닌가요? 아버님께서는 그것도 무시하시고 내 자식들과 생이별시켰습니다. 아버님이 사신다면 얼마나 더 오래오래 사실 건가요. 아버님의 생애도 영원할 수 없다면 남들처럼 탈 없이 살아가고 있는 그런 가정을 박살 내면서까지 자유를 갈망해서는 안 된다고 저희는 생각합니다. 저희의 생각이 짧아서 그런지는 몰라도.

애미는 자식을 위해 모든 것을 바칩니다. 그것이 애미라는 본능이기도 하겠지만, 인간사회에서는 무시해서는 안 되는 부모와 자식이라는 창조적 윤리. 그런 윤리도 가족관계에서 출발한다면 가족을 버리고도 윤리를 말할 수 있을까요?

사냥꾼 앞에 사냥감이 있는데 그 사냥감이 새끼와 함께 있다면 사냥꾼은 거기서 많은 고민을 한다고 합니다. 사냥으로만 살아가던 시절에도…. 가정윤리란 태풍이 불어도 한 치도 흔들림 없이 항상 지켜져야 하는 진리이고, 순리라고 저희들은 생각하는데 저희들의 생각이 틀리지 않다면 말씀을 좀 해보세요. 아버님!

가슴이 미어지실 시아버지

그래, 그래. 너희 생각이 맞다. 암 맞고 말고. 하나도 틀릴 수가 없다. 그럴 수가 있냐고 이 시애비를 원망하는 것도 당연하다.

생각을 해보면 정말, 정말 미안하다. 너희를 어떻게 해서든 데리고 왔어야 하는 건데. 그러지 못하고 몰래 떠나온 것이 이리도 후회스럽고 괴로울 줄이야. 너희 생각에 잠을 제대로 이룰 수가 없어 새벽기도회에서 이렇게 기도라도 하게 된다.

너희들은 나의 며느리, 나는 너희 시애비. 너희와 함께 해야 할 영원한 관계가 아니냐. 그렇게 봐서든 나는 너희를 의지하고 살 수밖에 없는 늙은 몸이다. 너희도 시애비인 나도 탈 없이 그동안을 살아왔는데, 그렇게 살아왔는데….

생각하면 이 시애비가 미워지기까지 한다.

가슴이 미어진다. 내가 앞으로 살면 얼마나 더 살 것이며, 다 늙은 몸이 무슨 영화를 누리겠다고 이런 엄청난 일을 저질렀나 싶기도 하다.

자유, 그래 자유 때문이라고는 하지만 자유가 아무리 좋다고 하더라도 부모와 자식을 생이별시키기까지는 말도 안 된다.

안 되는 짓이라는 것을 이 시애비라고 해서 어찌 모르겠느냐. 안다, 알아. 알지만, 알지만 말이다.

애미들아, 네 남편들도 김일성 주체사상만을 달달 외며 지금까지도 살아왔지만, 너희도 보고 있지만, 남는 것이라고는 인생이 통째로 망가진 것밖에 더는 없지 않느냐.

그렇다면 너희 자식들도 마찬가지일 텐데, 북조선이 자유민주주의 체제로 바뀌지 않는 이상. 네 남편들처럼 될 수밖에 없겠다는 생각이 언젠가부터 이 시애비 맘 앞으로 다가오더구나.

그렇다면 내 손자들만은 거기서 그냥 살아가 해서는 안 된다는, 그런 생각 때문에 잠을 제대로 이룰 수가 없었다.

내 손자들은 바쁘게도 자란다. 그런 손자들을 할아버지로서 뭔

가는 해주어야 할 텐데. 해줄 수 있는 것이라고는 지금의 탈북뿐이었다. 그래서 탈북을 했지만, 애미 너희들을 두고 온 것만 아니면 탈북은 잘한 것이다.

지옥 같은 북조선, 희망이라고는 전혀 없는….
먹을 식량조차도 해결해주지 못하는 북조선.
김일성 주체사상만 달달 외우고 살아야만 하는 그런 북조선.
애미들아. 나는 내 손자들이 꿈을 가지고 살아가는 모습을 보는 것이 너무도 그리웠다. 할아버지로서 말이다.

희망을 가지고 커야 할 내 손자들이 김일성 체제에서 그냥 살게 내버려 두어서는 안 된다는 것이 이 시애비의 맘을 통째로 지배한 것이다.

자유가 너무도 넘쳐 대통령 비하 발언도 서슴치 않는 남조선.
아무리 민주사회라고 해도 그건 좀 아니게 보이지만 말이다.
질서만 잘 지키면 그 누구도 억압하려 들지 않는 민주사회.
이런 사회에서 내일의 꿈을 맘껏 펼쳐보라고 애들에게 다짐도 시켜준다. 그러니까 자유는 긍정을, 긍정은 꿈을, 꿈은 보람을….
그것들이 결과로까지는 쉽지 않은 어려움이겠지만 말이다.

애미들아, 이 세상 모든 나라들마다 어떻게 하면 국민들이 잘살 수 있을까를 놓고 고민을 하고, 애를 쓴다는데 아직도 일당독재의 칼을 쥐고 있는 국가가 있다면 인간을 가축처럼도 못 되게 여기는 북조선 정부가 아니냐. 가축들은 그래도 다른 사람들이 와서 보기라도 하는데 그마저도 통제된 북조선. 귀는 있으나 들을 수도 없고, 눈은 있으나 볼 수도 없는 그런 암흑사회.

오늘날에는 어느 나라든 컴퓨터가 있어 그런 기기들로 해서 세상 소식을 실시간으로 볼 수도, 들을 수도 있는 개방된 세상이 아니냐. 그런 세상인데 북조선은 체제 붕괴 우려 때문이겠지만, 컴퓨터 네트워크가 연결된다면 금방 무너질 북조선.

그런 컴퓨터 기술 개발은 정말 어려운 건가. 천재 두뇌들이여!

남조선은 여권과 비자만 있으면 가지 못할 나라가 없고, 이민도, 국제결혼도 자유로워 미국을 향해 욕을 바가지로 퍼붓는 이들도 형편만 되면 미국시민권을 취득하려하는 이중적인 태도들. 그것은 좀 아니지 않는가 싶은 생각도 드나, 소련이 붕괴되고서는 체제상 법만 그대로일 뿐 와보고 싶으면 언제든지, 얼마든지 오라고 문을 활짝 열어 놓고 관광도 하고 돈도 좀 쓰라고 그런단다.

세상은 이렇게 변했고 앞으로 더 변할 텐데, 그렇게 보면 북조선도 머잖아 문을 열지 않을 수 없을 것이다. 통일이라는 거대 목표까지는 아직 바람뿐일지 모르겠지만.

남조선에 와서 보니 어떻게들 왔는지 많이들 와서 나름대로들 살아가고 있구나.

애미들아, 너희들을 위로하기 위해 늘어놓는 변명은 결코 아니다. 지금에 와서 변명이 무슨 소용이 있겠느냐. 너희들 말마따나 자식은 내 생명보다 더 중한 존재일 수도 있는데. 자식이 잘되면 굶어도 배가 부르다고들 한다. 그런 점은 북조선이나 남조선이나 사람이 사는 사회에서는 마찬가지일 것이다.

짐승들도 지 새끼를 위해서는 목숨까지도 아낌없이 내놓을 것인데 하물며 인간이, 이 시애비가….

인간은 동물들보다도 더한 부모의 의무일 텐데, 자식을 키워본 입장인 이 시애비가 어찌 그렇다는 것을 모르겠느냐. 안다. 하늘이 당장 무너진다 해도 무시할 수는 부모와 자식의 관계. 그런 말로 너희들을 위로하자는 것은 결코 아니니 이제부터는 속상하고, 분하다만 말고 조금만 더 참고 기다려라.

곧 우리가 만날 수 있는 날이 반드시 올 것이다. 이 시애비가 그 날까지 살아 있을지는 몰라도.

할아버지는 불안하다

"학교 다녀왔습니다."

손녀는 바쁘게 제 방으로 들어가 버린다. 할아버지란 말도 없이….

그동안 학교생활도 잘하고, 친구들과도 문제가 없는 줄 알았는데 오늘 표정은 너무 어둡다. 제 애미 생각이 나서일까? 불안하다. 며느리들을 못 데리고 온 것이 이리도 미안할 줄이야. 때문에 애들의 눈치를 보지 않는 날이 거의 없다. 잠들기 전까지….

그래, 이 할애비는 너희를 남한으로 데리고 오겠다는 일념만 있었지 더 이상의 복잡한 생각은 하지 않았다. 남조선에 오면 잘 살 거라는 생각도 물론 안 했다. 오로지 자유라는 이유뿐. 고생쯤이야 당연하다고 해야겠지만, 너의 어두운 모습은 이 할애비 가슴을 찢는다. 애야, 네 엄마를 떼놓고 온 것은 엄마는 너무 충성스러운 노동당 열성당원이었다. 그러기에 들통이라도 날까 봐 하는 수없이 우리만 온 것이다.

그것이 이 할애비의 핑계라면 핑계다.

그렇지만 너는 아니지? 이 할애비가 많이도 밉지? 그래, 다 큰 사
람도 부모가 그리울 텐데, 아직 어린 네가 어찌 엄마가 그립지 않
겠느냐.

엄마를 그리워하지 않는 것이 더 이상하지.

그런데 얘야, 사람이 세상에 태어나 우선은 부모로부터 보호를
받지만, 성인이 되고부터는 스스로 길을 찾게 된다. 부모의 보호
없이도 살아갈 수 있기까지는 부모의 품일지라도, 늦게까지 부모에
게 밀착되어 있으면 사회의 일원으로서 그만큼 뒤떨어질 수밖에
없을 것이다. 크게 이룬 사람들을 보면 일찍 부모를 떠나 처절하리
만치 힘든 삶의 고개를 넘고 넘은 사람들이라고 한다.

그래서인지는 몰라도 선진국에서는 자식을 어렸을 때부터 고생
을 시킨다는 것 같다. 세상을 살다 보면 역경이 있을 텐데 그런 역
경을 이기는 연습을 어려서부터 맛보라는 의도일 것이다.

얘야, 네가 지금은 어린이지만 곧 중학생이 되고, 고등학생이 되
고, 대학생이 되어 사회가 필요로 하는 그릇으로 쓰임을 받으리라
는 생각을 해보면 금방일 것이다.

이 할애비의 맘은 바쁘다.

어떻든, 이제부터는 대한민국에서 살아가야 할 당당한 사회인으로, 그만한 가치를 만들어 내놓겠다는 각오로 임해라. 그리만 하면 결과는 나 몰라라 하지 않을 것이다.

우리가 이렇게 남한으로 와서 많은 분들로부터 도움을 받았다. 그러니, 이제부터는 어떤 형태로든 도움을 주는 그런 사람이 되자. 너는 그렇게 할 자격이 있다. 사회 어느 부분에다 분명한 푯대를 세우고 당당하게 나아간다면 말이다.

목사님, 고맙습니다

자유가 없는 억압된 김일성 체제에서는 내일의 꿈도 꿀 수가 없어. 자유 나라로 가야겠다는 일념만으로 두 며느리를 떼놓기까지 무작정 탈북을 해서 이렇게 남한으로 오기는 했으나. 그러나 남한 사회에서 앞으로 어떻게 살아갈지가 막막해서 걱정을 그리도 했는데 우리의 사정을 목사님도 짐작하시는 대로 도움을 받을 만한 곳도 없는 처지에 내몰린 '새터민'인 우리를 도와주셔서 얼마나 감사한지 모르겠습니다. 정말 고맙습니다.

목사님이 교회를 물으셨는데 북한에는 교회가 없으니 저희는 기독교가 무엇인지를 아직 모릅니다. 북한에도 지하교회가 있다는 말도 여기 와서야 비로소 듣게 됩니다. 남한 사람이면 다들 아시는 대로 언어는 물론, 행동 하나하나가 억압되고 통제된 북조선 체제. 그런 체제에서 만약 기독교인 것이 발각이라도 되는 날엔 김일성 주석을 무시하는 처사로 노동교화소도 아닌 처형을 당하게 될지 모릅니다.

방송보도를 보셨겠지만 다른 사람도 아닌 자기 고모부를 죽였는데 그냥 죽인 것이 아니라 처참하게 죽이겠다는 공개방송까지 하지 않았습니까. 그것만 봐도 북한은 사람 죽이는 것을 대수롭지 않게 여기는 무시무시한 체제인데, 예수를 믿는 사람을 죽이지 않고 그냥 살려 둔다는 것을 상상조차도 못할 일로 모든 활동 하나하나가 감시 대상으로 인간으로서 살아가기는 지옥이라 탈북을 한 우리의 이유입니다, 목사님.

할아버님 위대하십니다

예, 알고말고요. 김일성을 신처럼 여겨야 되는 그런 무시무시한 북한 체제에서 자유가 얼마나 그리웠으면 할아버님께서는 둘도 없는 목숨을 걸고 탈북을 하셨겠습니까. 할아버님 말씀을 들으니 할아버님의 탈북 이유를 목회자인 저도 충분히 알 것 같습니다. 젊은 사람도 아닌 할아버님으로서, 그 용기는 정말 어마어마하십니다. 아니, 위대하시다는 말씀으로 바꾸겠습니다. 북한이 어떤 곳인데 감히 탈북이라니요. 그것도 할아버님 혼자만이 아닌 대가족을 이끄시고….

물론 자유를 위해 죽으면 죽으리라는 각오로 탈북이라지만…. 할아버님 말씀대로 가족이라는 명분 하나만 놓고 보더라도 자식이 부모를 만날 자유, 부모가 자식을 만날 자유, 그것은 인간으로서 당연해서 그렇지 않은 경우를 두고는, 사회적 비난이 쏟아지기도 합니다.

그런데도 부모 자식 간 만남조차도 통제라는 명분으로 묵살해 버리는 북한 체제, 그런 북한 체제를 무너지게 해달라고 우리 기독교인들은 하나님께 호소 기도를 간절히 드리곤 합니다.

그런 기도를 머잖은 날에 응답해 주시리라 믿지만 당장은 할아버님의 생활 사정입니다.

할아버님께서는 남한사회 사정 얘기를 하나원에서 충분히 들으셨겠지만, 남한은 그 누구로부터도 도움을 기대하지 못하는 자본주의 사회입니다. 저는 목사이기에 도움을 드릴 수 있다면, 미안하지만 할아버님의 가정이 살아가는 데 큰 어려움이 없도록 하나님께서 보살펴달라고 기도를 드리는 정도밖에 할 수 없을 것 같습니다. 성도님들 개개인은 모르겠으나.

저는 목회자이기에 목사의 생각으로 할아버님을 뵈면 하나님께서는 지옥 같은 북한 독재 체제에서 할아버님을 예수를 믿고 살게 해주시려고 탈북을 시킨 것으로 저는 그렇게 믿고 싶습니다. 할아버님께서는 기독교가 무엇인지를 아직도 잘 모르겠다고 그리 말씀을 하셨는데, 일단은 교회에 열심히 나오시고 성경 말씀은 눈으로만 아니라 가슴으로 뜨겁게 받아들이시면 기독신앙이 무엇인지를 곧 아시게 될 겁니다.

우리 인간은 죽으나 사나 하나님께 매달려야 하는 그런 영혼들

이기 때문입니다. 그런 점도 있지만, 할아버님 옆에는 아무도 없으
셔서 많이 외로우실 텐데 교회 성도님들과 친인척처럼 지내야겠다
는 맘으로 이웃에게 다가가십시오. 조금은 아니다 싶어도 그리하
십시오. 그렇게만 하시면 이웃과의 친분은 자연스럽게 이루어질
겁니다.

인간사회에서 이웃과의 친분을 쌓기는 할아버님만이 아니라 그
누구든지 그럴 텐데, 그런 친분이 끊어지는 날 외톨이가 되지 않겠
습니까.

"하나님 아버지! 순종식 할아버님께서는 탈북을 하셔서 이렇게
계시지만, 두 며느리를 못 데리고 오신 것이 그리도 한스럽다고 말
씀하십니다. 그러실 겁니다. 가족관계에서 아무 탈 없이 그동안 살
아왔고, 며느리로부터 효심이라는 대접도 받으셨다면 시아버지로
서 얼마나 미안하고 힘든 맘이시겠습니까. 시아버지로서만이 아니
라 인간으로서 못할 짓을 저질렀다고 스스로를 질책도 하고 계십
니다. 이런 순종식 할아버님의 맘을 하나님께서 어루만져 주소서."

9장

자유의 나라
남쪽의 나라

대한민국이여!

대한민국 국민 여러분!

탈북을 한 저의 가정을 그리도 염려해 주시는 국민 여러분!

보도를 보노라면 난민들을 받을 수 없다고 하는 나라들도 있는가 본데 대한민국은 우리 같은 탈북민들을 마다치 않으시고 흔쾌히 받아주시고, 정착금도 주시고, 정말 고맙습니다. 그렇지만 우리 가족이 대한민국에 부담을 드리는 것은 아닌지? 미안도 해서 저희 사정을 장황하게 늘어놓을 수는 없겠으나 어린 자식을 둔 두 며느리를 떼어 놓고 탈북을 한 것이 시애비로서 너무도 후회스러운데, 오늘은 우리 손녀가 제 엄마 생각에 젖어 있는 것 같습니다.

이곳 남한에는 친인척도 없거니와 남한 사정도 어두운 탓으로 어리둥절한 데다 엄마조차 없으니 우리 손녀가 어찌 외롭지 않겠습니까. 할애비로서 그런 손녀를 보고 있노라면 많이 힘듭니다. 여러분들이야 저희들을 따뜻하게 대해 주서서 그런 점으로는 다행이기는 하나 세상을 많이 살아본 이력으로도 이런 현실을 극복해 나가기란 여간 어려운 것이 아닙니다. 어렵지만, 대한민국 국민 여러분께 부담을 끼치지 않기 위해서라도 힘차게 살아가겠습니다. 대한민국 국민 여러분, 고맙습니다!

　　공산주의자들의 속셈은 권력을 쥐겠다에 있고,
　　자본주의자들의 속셈은 종을 부리자에 있다지만….

통일이여, 통일이여!

　통일, 그래, 남북이 통일만 되면 우리 민족이 지금보다 더한 부강한 나라로 이웃 나라 일본을 앞설 수 있다는 기대는 누누이 강조되고는 있다. 그러나 희망 사항일 뿐, 북한에다 개성공단이라는 공장을 세우고 기계들은 열심히 돌아가고 있는데 날벼락 같은 개성공단 폐쇄라니.

　그렇게까지는 대한민국 통수권자로서 어쩔 수 없는 결단이겠지만, 개성공단 기업인, 북측 근로자들은 앞이 캄캄하지 않을까.

　그런데도 박근혜 대통령은 이렇게 어마어마한 강수를 두어야만 했을까? 이런 상황에서 북한은 어떤 태도로 나올지 걱정도 되는 것은 사실이지만, 언제일지는 몰라도 남북통일은 반드시 이루어지고 말 것이라는 기대다.

"왜 한국 사람들은 독일의 통일을 이야기할 때 모두 통일 비용만 묻는 거죠? 독일 통일은 철학적인 차원에서 한 것입니다.

우리 민족이 분단으로 인해 겪는 고통을 해결하고 자손들에게는 발전만 하면 되는 통일인데? 인정한다면 통일에 대해 너무 겁먹지 마세요. 통일은 하나님의 섭리에 의한 것이며 탈북 형제들은 하나님께서 직접 보내신 통일의 사도라는 생각을 하지 못할 이유는 없습니다.

그런데도 통일이 십자가처럼 보여, 주님이 짊어지신 십자가로만 본다면 남북통일은 요원하지 않을까요. 하나님께서는 환경을 힘들게 해서라도 통일을 희망으로 만들어 가시는 것 같습니다. 취업문이 막히고, 미래도 불투명한 젊은 세대들이 통일로 인해 활기를 찾고 남북한을 함께 회복시키는 '치유의 역사'를 하나님께서 예비하신 것이라고 나는 믿습니다.

자유 넘어 자유

누구도 거부할 수 없는

태초부터의 알파와 오메가

처음과 나중

태양은 오늘도 저만치 기울고 있다.

어제 날 저녁녘처럼

자유라는 엉터리 용어로

두 며느리만을 떼 놓고 왔다

시애비의 변명

천근만근 무거운 맘

보호를 해주고

보호를 받아야 할

보편적 가치의 가정윤리

두 며느리를 저버리게 된 사연

무엇을 위한 자유인가

누구를 위한 자유인가

자유란 놈에게 나 한번 묻고 싶다.

어디에 숨어 있는가라고

자유를 목말라 하는 그대들이여!

남북통일을 기다리는 그대들이여!

통일을 가로막지 말자

그 어떤 명분으로든

할아버지 가슴으로 떠오른 통일

통일 비용 따지지 말자

후손들을 위한 투자이리니

사우스 코리아

노우스 코리아

엉터리 단어, 이제는 삭제해 버리자

누가 삭제할까도 묻지 말자

남한이고,

나이고,

우리이지 않은가

오, 하나님!

10장

인생에서의
결론

죽음 앞에서의 궁금증과 해석

지구의 멸망, 인류의 종말, 그렇게 말들은 하나 그것을 누구도 알아낼 수도, 믿을 수도 없는 오로지 종교적 문제인 것이다. 생물학적으로 그동안 고장도 없이 그렇게도 잘 뛰던 맥박이 인간 수명이 다해서든, 사고로든 숨이 멈추게 되는 그 순간이 지구의 멸망이고, 인류의 종말이지 어느 날 휴거 같은 내용으로 우주가, 지구가 없어지는 그런 것이 아니다. 멸망이니, 종말이니 등등 상상으로 그려보고 싶은 맘들이야 누가 말리겠는가마는….

오늘의 삼성그룹을 세우신 고 이병철 회장은 나이가 들어(77세) 병상에 누워있다 보니 젊은 의사들이, 간호사들이 눈앞에서 어른거려 가능만 하다면 타임머신을 타고 저 의사나 간호사들처럼 젊었을 적으로 되돌아가고 싶은 맘도 있으셨지 않았을까? 그렇지만 그럴 수는 도저히 없는 일. 병상에서 일어날 수조차 없어 마냥 누워만 있는데, 어느 날 갑자기 뿔 아홉 달린 무시무시한 악마들이 나를 데리러

떼거리로 몰려오고 있구나 싶은 두려움이 생겼을 것이다. 그래서 죽음 후에 생길 일을 아는 사람 누구 없소? 하는 마음으로 던졌다는 24가지 질문을 하였다. 그 질문에 차동엽 신부가 답했다는 기록을 봤는데, 평신도로서 감히 말하지만 어림없는 답변이다. 그 어떤 것으로도 해석이 불가능한 것이 영의 세계인 것이다.

기독신앙에 관하여 지금까지 늘어놓은 얘기들은 결론에 대한 서론이고, 고 이병철 회장이 던지신 질문들은 죽음 문제에 대한 본론이며, 결론은 죽음 이후에 있을 영혼 문제로 오직 믿음뿐인 것이다.

그런데도 천주교 차동엽 신부와 그 외 몇 분도 이 같은 질문에 대해 논리적으로 답변을 했는데 어림없는 답변들로, 모른다가 정답인 것이다. 그 무엇으로도 증명해 보일 수는 도저히 없음은 물론, 인간 두뇌로는 해석이 불가능한 것이 영의 세계요, 신앙이요, 종교이기 때문이다. 만약 해석이 가능하다면 앞에서 말한 대로 그때부터는 종교가 아닌 것이다. 그런데도 종교 문제를 해석하려 드는 지식인들을 보면 좀 딱하다는 생각도 든다.

기독신앙에 있어 목숨까지도 내놓겠다는 각오에 대해 설명은 어렵겠으나, 자연사일 때 신앙인으로 산 사람은 몸부림도 없이 스르르 눈을 감는 데 반해 아무것도 아니게 살았던 사람은 몸부림이 그리도 심해서 옆에서 지켜보기도 두렵다라는 것이다.

이런 두 현상을 두고, 예수를 믿은 자는 흰옷 입은 천사들이, 예수를 믿지 않는 자는 뿔 아홉 달린 악마들이 데려가기 때문이라고 나름의 해석들을 하는 것을 어렸을 적 들었다. 사실일지는 죽어봐야 알겠지만 그럴 가능성은 매우 높다 해야겠다.

기독교에 관하여 천국이 있다면 성경대로 하나님은 온 인류를 사랑하신다는 데 있어 예수를 믿지는 않았어도 선하게만 살았다면 그들도 천국에 갈 수 있다.(미국 조지아 주 대형교회 앤디 스텐리 목사, 세계 기독교인들을 들었다 놨다 했던 대부흥사 빌리 그레이엄 목사) 그렇다면 굳이 예수만을 고집할 필요가 있겠는가.

예수께서 이르시되 내가 곧 길이요, 진리요, 생명이니 나로 말미암지 않고는 아버지께 올 자가 없느니라.(요한복음 14장 6절)

구약과 신약 66권은 다른 책이 아니라, 신앙적 결론으로 큰 음성으로 이르되 죽임을 당하신 어린 양은 능력과 부와 지혜와 힘과 존귀와 영광과 찬송을 받으시기에 합당하도다 하더라.(요한계시록 5장 12절)
내가 또 들으니 하늘 위에와 땅 위에와 땅 아래와 바다 위에와 또 그 가운데 모든 피조물이 이르되 보좌에 앉으신 이와 어린 양에게 찬송과 존귀와 영광과 권능을 세세토록 돌릴 지어다 하니.(요한계시록 5장 13절)

하나님이 세상을 이처럼 사랑하사 독생자를 주셨으니 이는 그를 믿는 자마다 멸망하지 않고 영생을 얻게 하려 하심이라.(요한복음 3장 16절)

1. 너희는 마음에 근심하지 말라. 하나님을 믿으니 또 나를 믿으라. 2. 내 아버지 집에 거할 처소가 많도다. 그렇지 않으면 너희에게 일렀으리라 내가 너희를 위하여 예비하러 가노니 3. 가서 너희를 위하여 처소를 예비하면 내가 다시 와서 너희를 내게로 영접하여 나 있는 곳에 너희도 있게 하리라. 4. 내가 가는 곳에 그 길을 너희가 알리라. 5. 도마가 가로되 주여 어디로 가시는지 우리가 알지 못하거늘 그 길을 어찌 알겠삽나이까. 6. 예수께서 가라사대 내가 곧 길이요 진리요 생명이니 나로 말미암지 않고는 아버지께로 올 자가 없느니라.(요한복음 14장 1~6절)

사람의 말이 아니다. 십자가의 말씀이다. 신앙인이라면 세상의 빛과 소금이 되라고. 이것이 기독교 정신으로 거기에다 나를 던지는 것이라면 여기에 복이 존재해서는 안 되지 않은가. 신약성경에는 세상에서의 복의 말이 없는데도 어찌 된 셈인지 신앙인들마다 넘치고도 넘친다.

세계정복을 꿈꾼 히틀러는 유대인들을 모조리 학살하겠다는 이른바 대학살 사건 때 붙잡혀간 한 유대인이 이런저런 이유를 들어 살려 달라고 통사정을 하는 모습을 옆에서 지켜본 젊은 신부는 대신 죽어준다. 이런 사례는 아주 특별한 사례라고 쉽게 받아넘겨서는 십자가는 슬퍼할 것이 아닌가.

기독교인은 나를 위해 살자가 아니라면 생존 본능까지 무시할 수는 없다 하더라도 나는 누구인지 사회라는 거울 앞에서 비춰보기라도 해야 하지 않을까.

'나를 주여 주여 하는 자마다 다 천국에 들어갈 것이 아니요 다만 하늘에 계신 내 아버지 뜻대로 행하는 자라야 들어가리라.'(마태복음 7장 21절)

아무 탈 없이 잘 살아가고 있는 사람들에게 불안을 심어주는 말을 해서는 곤란하겠지만, 현재 70대 나이면 앞으로 30년은 살까 몰라도 앞으로 20년이면 90세로 금방인데, 살아 있어도 살아 있다고 말할 수 없을 나이지 않은가. 국민 MC로 지금까지도 활발하게 활동 중인 송해 씨 같은 분도 계시기는 하지만…. 그분도 얼마나 더 살아 계실지는 몰라도 장례식장은 그런 분들을 모시기 위해 광고비까지 들여가며 여차할 경우 자기 장례식장으로 꼭 오라고 한다면 나는 못 가겠다고 할 수 있는 사람은 없을 것이 아닌가. 그렇다면 나이를 먹어서까지 세상 것에다 목숨을 걸다시피 하지는 말아야 할 것이다.

　그러므로 가진 자로서, 누리는 자로서, 노블레스 오블리주를 살 릴 수만 있으면 살려보자.

　기독교는 그것도 말하고 있다면….

바람아 바람아

바람아 바람아 말해라

진실인지 거짓인지를 분별해서

한민족, 남북한의 화해

하루빨리 이루라고

세상사 태평은 다 어디 가고

부모님의 치매가 가정으로까지 다가와

아침 밥상을 복잡하게 하다니

우리 부부는 울고 싶다, 정말

세상만사 그러지 않기를

그러지 않기를 기도는 얼마나 간절했나

설교 말씀에 따라 기도를 했고

새벽 단상에 올려놓고도 기도했는데

행복 조건 주어졌건만

웃을만한 가치 주어졌건만

오직 영혼에만 향해야 할 신앙

어쩌자고 복이란 놈이 끼어드는지

아침을 불어 가는 바람아

목적지도 없이 불어만 갈 거면

촌로에게도 한마디 하면 어떨까

세상사 다 그렇고 그런 거라고

성경 말씀은 오직 믿음이다

　성경 지식은 목회자로서는 신학박사 수준이어야 하겠지만 일반 평신도는 그렇게까지는 아니어도 된다.

　말하자면 성경 외우기를, 신약성경 복음서 전부를, 성경 필사 열두 번을, 성경 봉독을 100독을 했다는 그런 자랑거리 성경도 아니다.

　'그가 찔림은 우리의 허물 때문이요, 그가 상함은 우리의 죄악 때문이라. 그가 징계를 받음으로 우리는 평화를 누리고 그가 채찍에 맞으므로 우리는 나음을 받았도다.'(이사야 53장 5절) 내용과 '그의 옷을 벗기고 홍포를 입히며 가시관을 엮어 그 머리 위에 씌우고 갈대를 그 오른손에 들리고 그 앞에서 무릎을 꿇고 희롱하여 이르되 유대인의 왕이여 평안할 지어다.'(마태복음 27장 28~29절)을 퍼즐 맞추듯 해야 하는 그런 성경도 아니다.

성경은 66권으로 구약은 창조질서에 대한 역사, 신약은 인간으로 오신 하나님의 실체, 복음서는 부활을, 서신서는 선교를, 계시록은 결론으로 천국과 지옥을. 그러므로 성경에 기록된 구절구절을 믿고 지켜서 거기서 기적을 체험해야 할 하나님의 말씀인 것이다. 기독교는 어디까지나 믿음의 종교로 기적을 무시해서는 기독교라고 할 수 없다.

천국 - 지옥, 하나님 사랑 - 이웃 사랑, 말씀대로 행하라 - 그러지 말아라.

성경을 떠 바치는 여섯 기둥이다.

천국 - 지옥 - 하나님 사랑

이 세 기둥은 맘속에 굳게 간직하고 예배하면 될 것이다.

이웃 사랑 - 말씀대로 행하라 - 그러지 말아라.

이 세 기둥은 세상 끝날 때까지 잘 작동되도록 수시로 점검해야 하는 자동차 관리와 같은 신앙적 행위로 내 앞에 놓인 갖가지 어려움이 쓰나미처럼 몰려올지라도 그것을 신앙심의 푯대로 삼아야 할 것이다.

예수님께서는 인성과 신성을 지니셨는데 인성은 형이하학을, 신성은 형이상학, 철학 용어를 빌리자면 이런데 '나더러 주여, 주여 하는 자마다 다 천국에 들어갈 것이 아니요, 다만 하늘에 계신 내 아버지의 뜻대로 행하는 자라야 들어가리라.'(마태복음 7장 21절)

성경은 다른 책과는 전혀 달라 눈으로 몇 장을 읽었네가 아니라 성경 한 구절, 한 구절에다 생각의 핀이 꽂혀야 한다. 그래야 신앙인으로 살아보겠다는 각오가 서릴 것이다.

성도는 세상의 빛으로, 소금으로 그렇게 살자고는 하나 그것이 성립되기까지는 누군가를 위해 내가 죽을 수도 있다는 각오 없이는 불가능한 일로 성도들은 각오로 해야 하지 않을까.

과거를 말하는 신앙생활이 아니다. 현재의 신앙생활이다.

그러니까 어제까지 교회를 위해 일한 사람으로 인정을 받고자가 아니라 '죽도록 충성하라'라는 성경 구절에 매달려야 하지 않을까.

이웃집 아이가 수술을 해야 할 만큼 큰 병이 났지만, 가정 형편이 너무 어려워 애만 타고 있다는 말을 들은 신문기자는 마침 미국 특파원으로 발령을 받고, 그동안 모아놓은 저금통장을 통째로 주고 떠났다는 미담을 읽으면서 그래, 바로 그거야 했다.

이웃집 아이가 아파서 수술을 해야 한다는 것은 가슴이 아픈 일이나, 앞으로 나도 돈을 더 모아서 장가도 가고 집도 사고 싶다. 하지만 만약 그런 맘으로 훌쩍 떠났다가 다시 돌아와서 보니 그때 그 아이는 수술비가 없어 제때 수술을 못 받아 고생을 하고 있거나, 사망을 했다면 기자의 맘이 어떻겠는가.

두고두고 후회하지 않을까. 물론 죽고 사는 문제를 내가 어떻게 해, 이래 버리면 그만일 수도 있겠지만 말이다.

이런 문제는 도덕적으로만 봐서는 곤란할 수도 있는 인간사회에서 너도 살고, 나도 살자는 우리라는 개념이 없어지는 딱딱한 사회이지 않겠나. 통장을 통째로 준 것이 병을 낫게 했고, 그래서 건강하게 학교도 잘 다니고. 부모는 그때의 기자를 고마운 사람으로 여긴다면 살아볼 만한 세상이 아닐까.

교회 집사로서 먼 곳으로 이사를 가게 돼 교회도 새로운 교회를 섬기게 되었는데, 교회 사정을 들어 보니 교회를 건축하느라 5억원이라는 큰 빚을 졌는데 교회 형편상 그 많은 돈을 갚아내기가 벅찰 것 같아 아내와 의논 끝에 집을 팔아 교회 빚을 갚고 대신에 교회 지하실을 거처로 2년 정도를 지내고 있는데 어느 날 젊은 남자 집사가 다가와,

"집사님, 이렇게 계시지 말고 우리가 미국으로 이민을 가야 하기에 집이 비게 되는데 누구에게 집을 지켜 달라고 부탁을 해야겠는데 집사님이 우리 집을 지켜주실 겸 우리 집으로 옮기시면 어떨까요?"

"그래? 그렇게 해주면 고맙지."

그렇게 해서 이사를 했는데,

"집사님이 보시기에 우리 집이 맘에 드시면 아예 사십시오. 미국

으로 이민을 아주 갔기에 집을 팔 겁니다."

"그래, 맘에 딱 들기는 하나 당장은 돈이 없어서…."

"그러시면 집값을 당장 치르지 않아도 되니 돈이 마련되는 대로 보내주시면 됩니다."

"그렇게 하면 나는 좋겠지만…."

그렇게 해서 생각지도 못하게 맘에 드는 집을 샀는데 집값은 급하지 않다고 했기에 돈이 마련되는 대로 보내곤 그랬는데,

"집사님, 집값 그만 보내세요. 저는 이곳에서 자리를 잡아서 집값은 그만 보내셔도 되니 그리 아시고 사십시오."

국제 전화로.

"아니, 그렇게까지 해서는 내 마음이 편치 않을 것 같은데…."

"집사님, 저는 집사님으로부터 돈보다도 더 귀중한 것을 배웠습니다. 집사님의 뜻을 저도 본 받들겠습니다. 집사님, 감사합니다."

이거야 누가 더 잘한 건지 구분 지어 말하기는 쉽지 않겠으나 이것이 인간관계라고 보면 될까 모르겠다.

교회 지하에서 지낼 때는 자식들이 여덟이나 되는데 애들 놀잇감이 없어 교회 피아노고 뭐고, 만지고 싶은 것들은 죄다 만지고 놀면서 음악의 눈을 뜨기까지 되었다는 것이다.

흉내를 내기조차도 쉽지 않은 간증으로 기독신앙인에게서나 찾

아볼 수 있는 아름다운 일로 인간심리 구조상 남자 눈에는 여자
가, 여자 눈에는 돈이라고 그리 말들을 하는데 그렇다면 집을 팔
아 교회 빚을 갚자고 말한 남편보다 남편 뜻에 응한 아내가 더 대
단하지 않은가.

물론 집값을 그만 보내라는 젊은 집사도 그렇고.

김경래 집사는 후로 장로님이 되셨고, 자녀들 모두도 사회에서
칭찬받는 모범 일꾼들이라면 모범 일꾼으로 성장하기까지는 대단
한 부모가 있음은 분명하지 않은가.

가진 것을 어디에다 어떻게 쓰느냐에 바라는 복도 달라진다는
것을 이런 간증에서 충분히 알 것 같다.

그렇다면 그대는 그대보다 신분이 낮은 사람에게 식사 대접이라
도 해보고 하는가. 그대는 택배 배달원에게 세종대왕표 한 장이라
도 뒷주머니에 찔러주곤 하는가. 그대는 이웃을 그대의 집으로 초
대하곤 하는가. 우리가 살아가는 사회가 밝아지기를 바란다면 이
정도는 최소한으로 하고 오늘을 살고 내일을 맞이하자.

누가 내게 세상에서 가장 좋은 것이 무어냐고 묻는다면
나는 당연히 사랑이라 말할 것이다.

– 한국 철학 거장 김형석 교수 –

심은 대로 거두리로다

몇 해 전 얘기로 신자유주의란 말이 자주 등장했다. 신자유주의란 국가 통제하에 움직여지는 자본주의나 공산주의라는 문제에서 파생되는 사회질서를 변화된 시대에 맞게 달리해야 한다는 주의라고 하는 것 같다.

그러니까 현재 움직이고 있는 경제 질서를 국가 통제에 둘 것이 아니라 시장논리에 맡겨 두어야 거기서 동력을 얻어 경제가 더 빨리 발전하게 된다는 이론인 것 같은데, 그것이 맞는지는 모르겠지만 이런 이론은 부작용이 언제든지 얼마든지 있다는 전제가 깔려 있어서 바람직한 이론이라고 보기는 어렵다고 말한다.

어떻든 공산주의도 자본주의도 어디까지나 물질주의란 의미이기에 거기에서 탄생한 신자유주의라는 말이 크게 들리지는 않는다. 그러나 공평이라는 이론으로 내세운 공산주의 체제였던 소비에트 연방이 해체되고 말았는데, 그렇게는 통제할 수 없는 인간 심리가 있지 않은가. 누리고 싶어, 행복해지고 싶어 갈망하는 자유. 그런 자유를 식물은 있는지, 없는지 몰라도 인간만이 아닌 짐승들도 창조로 되어 있는 인간 심리의 자유를 철학자 헤겔은 무슨 수로 통제를 하겠다고 자본가 계급이 소멸되고, 노동자 계급이 주체가 된 생산수단의 공공 소유에 기반을 두어야 한다는 이론을 폈는지, 오늘날에 와서 보면 어림도 없는 헤겔의 이론을 마르크스가 정립하고 레닌이 세웠다. 하지만 그것들은 백 년도 채 못 버티고 사라진 셈인데 헤겔도 마르크스도 레닌도 인간 심리공부는 안 했을까 몰라도 자본주의는 자본을 가진 기득권자들이 공산주의라는 깃발을 드는 것을 보고서야 비로소 내세운 주의라고 말하는 데 동의한다.

자본주의와 공산주의는 아직도 정치 논리인 대립각 관계로 아직도 가고 있기는 하나 공평이라는 이론으로 내세운 공산주의이지만, 이젠 하는 수 없이 자본주의 앞에 무릎을 꿇고 만 셈이 되어 버렸다.

그렇게는 세계 질서가 돈 전쟁으로 진입했기 때문인데 그것이 옳은지는 몰라도 공산주의를 정립한 마르크스는 물질로 인해 지배자와 피지배자가 있어서는 안 된다는 정신은 고맙게 받아들여야 하겠다. 정치는 그것을 쉽게 받아드릴 수 없는 힘센 자들은 사회적 지식인들을 공산주의를 주창한 정신적 이념을 심취했다고 해서 한동안 정치적으로 따끔한 맛을 봤다는데 지금이야 아니지만, 정치적으로 몰아붙여서는 곤란하다고 말한다.

　물질이란 그 성질상 성숙하지 못한 인간상에서 내가 먼저라는 사악한 면이 누구에게든지 언제든지 존재해서 평화를 추구해야 할 보편적 가치조차도 해칠 수 있는 문제가 있기 때문이라는 말도 한다. 그렇다. 시대가 변한 이유도 거기에 있겠지만, 공산주의 국가들 마다는 이제 이념전쟁보다는 잘살아보겠다는 수출 전쟁이지 않은가. 언제까지 일지는 몰라도 수출전쟁은 지속할 것인데도 오직 북한만은 특이하게도 자본주의도 아니고 공산주의도 아닌 상태로 인민의 삶을 아직도 옥죄고 있어 매우 안타까운 맘이다.

　그런 엉터리 체제가 얼마나 더 지속될 지는 UN에서도 무기로 다른 나라를 위협해서는 안 된다는 이유의 제재 태세인 것 같다. 그런데도 북한 통치자 김정은은 어찌 된 셈인지 비대해져서는 건강만 해치게 될 몸뚱아리만 살찌우고 있는지? 그것도 김정은 나름의 생각이겠지만, 변해 버린 바깥세상을 눈여겨볼 생각은 없고 오로지 백두산 혈통이니, 등등 주체사상만 고집하고 있어서야 인민들이 어디 능동적으로 움직이겠는가.

　언론이 무시된 엄혹한 북한 체제하에서 그러지 말라고 말할 사람 누구도 없을 것 같아 안타깝지만, 언제일지는 몰라도 인터넷망이 밖으로 연결될 것인데 인터넷이 연결되는 날엔 지금의 북한 체제는 그날로 무너질 수도 있다. 그래서 북한에서 제일 무서움으로 여겨지는 것이 인터넷망이라고 하는 것 같다. 우리나라는 미국과의 협상을 위한 인질 대상이고, 그래 봤자 북한 체제가 무너질 날도 그리 멀지 않다고 여겨진다.

그렇게만 된다면야 군사적 면이 아니라도 반가운 일이기는 하나, 그렇다고 반가워만 할 수도 없는 또 다른 경제 문제다.

통일을 맞이한 동독의 경우, 서독 국민으로서는 전혀 예상치 못한 급작스러운 흡수 통일이기에 동독을 끌어안기에는 경제적으로 부족하다는 엄살을 부렸고 동독인들은 차별한다고 아우성이었다. 이런 걸 보면 북한이 쉽게 무너지는 날엔 우리나라로서는 경제적으로 대재앙이 될 수도 있다는 우려의 시각도 만만치 않다는 것 같다. 물론 경제 사정이 그런대로 괜찮은 부류들의 엄살인지도 모르겠지만 말이다. 북한 인민들은 경제적으로 매우 어려워 배고픔도 크지만, 인간으로서 누려야 할 기본적 자유조차 없다면 북한사회는 암흑사회임이 틀림없다. 인간사회에서 자유는 절대적으로 누구에게나 주어져야 한다. 하지만 '자유는 공짜가 아니다.'는 말에 나는 동의한다.

우리나라가 일본의 핍박으로부터 해방되었다. 그렇게 해방이 되기까지는 어디까지나 UN의 덕이라고 할 수 있다. 그러나 대한 독립을 위해 선열들의 희생이 얼마나 크고 많았는가. 오늘을 살아가는 대한민국 국민은 그런 선열들의 숭고한 정신을 한시도 잊지 말아야 할 것이다.

여기서 수정했으면 하는 말이 있는데, '독립'이라는 말로 독립이라는 말은 나라의 주권을 넘겨준 뒤에 되찾은 것이라고 말해야 한다. 우리 민족은 일본으로부터 침략을 당해 피압박에서 풀려났지 않은가. 그렇다면 독립이라는 말은 일본인들이나 써먹을 수 있는 말로 우리 민족은 광복이라는 말로 바로잡아야 한다고 주장하는 입장이다(천안 독립기념관에 가봤는데 글솜씨를 뽐냈다는 고약한 심보가 동했다).

선열들의 그런 희생이 없었다면 어디 UN의 도움이 있었겠는가. 어림도 없었을 것이 아닌가. 나라를 위해 몸부림이 상대를 감동시킬 때 그때 돕고 싶은 맘이 생기는 것이 인간 심리일 것으로 그런 점에서 조국 해방을 위해 한 몸을 초계같이 바친 선열들께 삼가 머리를 숙인다.

이렇듯 자유를 누리려면 그만한 대가를 치러야만 가능하다 하겠는데 자유란 자기 욕심일 수도 있다. 객관적으로 인정하는 억압된 상태가 아니란다. 인간도 욕심이라는 본성만큼은 짐승들과 크게 다르지 않다는 입장에서 순자의 성악설이 맞다고 나는 본다. 동물적인 본성을 뛰어넘는 보다 나은 사회를 위하겠다는 자기 수양이 길러질 때 참 인간성을 가질 수 있다는 데서 그렇다.

인간의 욕심은 한이 없어서 그런 욕심이 분쟁을 일으키고 그로 인해 사회가 어지러워지기도 하는데 그런 욕심을 제어하자는 제어 수단으로 법을 만들었고 그런 법률책이 더 두꺼워지기는 하나 사회가 거대 집단화되면서 그렇기도 하겠지만, 법률만으로는 아름다운 인간관계를 살릴 수 없는 도저히 없지 아니한가.

그렇게 봐서든 삶의 가치를 경제로 살리기는 사실상 불가능하다 하겠는데 지식인들도, 전 이명박 대통령도 경제적으로 넉넉해야 거기서 주고받음이 있고 그로 인해 인간관계의 정이라고 하는 싹이 터 꽃이 핀다고 생각하는지는 모르겠지만, 물질은 물질로서만 그 가치가 존중될 뿐, 그것으로 인간관계의 정은 아닌 것이다.

그렇다는 점에서 보더라도 참 인간성이 중요한데 그런 논리로 보면 공산주의가 더 나을지도 모르겠지만, 발전이라는 면에서는 공산주의 나라들은 자본주의 나라들에 비해 한참 뒤졌다. 그래서이기도 하지만 오늘날의 공산주의 나라들은 간판은 그대로 두고 자본주의 영업을 본받고 있지 않은가. 능력 있으면 부를 얼마든지 가져도 된다는 자본주의 말이다.

그런 논리는 아니겠지만, 정부는 정책 방향을 경제에 두고 있다.

사회질서 유지 차원에서도 나라 경제가 살아나야 한다고 말한다. 나라 경제에 있어 박근혜 대통령도 경제를 살리는 데 가진 역량을 다 쏟겠다는 각오일 것이다. 대통령으로서는 당연할 일로 그것을 인정 안 할 수는 없겠지만, 경제적으로 누리는 사람들을 보면 배려라는 맘들이 그리 많지 않다는 데 있다. 물론 부족하다고 하는 부류들의 말이겠지만, 48억짜리 아파트, 63억짜리 빌라에 사는 사람도 있다는데 그런 부류들이 바라보는 사회적 시각은 어디

만큼일지가 궁금해지기도 하다.

그런 문제와는 좀 다른 문제로 이명박 대통령 시절에서는 무려 100층이 훨씬 넘는 가히 마천루라 할 수 있는 초고층 빌딩을 자그마치 9개나 지을 수 있을 것 같은 분위기였다. 부산에 둘, 인천에 둘, 서울에 다섯. 아니, 이게 가능할 수 있었는지는 몰라도 가능해서 사실로 이어진다면 세상이, 아니 하늘이 다 놀랄 일이다. 우리나라 경제 규모가 그리 크지 않은 데도 말이다. 물론 나라 재정으로는 아니겠지만 이런 것을 두고 물질주의란 말을 하고 싶다.

이렇게 물질주의로 달려가다가는 넘어지지나 않을까 염려도 해봤다. 김영삼 대통령 때 IMF라는 뼈아픈 경험도 해봤기에…. 어떻든 대통령으로서는 나라 정책을 경제에다 둘 수밖에 없을 것이나 그렇더라도 부자들을 위한 정책은 지양하라는 부족한 자들의 목소리가 만만치 않다. 그렇지 않더라도 사회인들 선망의 대상이 부자여서는 곤란하다는 것이 그동안의 생각. 어디 내 생각만이겠는가. 인간사회가 물질보다는 인간 본연으로 돌아가라. 행복해지고 싶다면, 그 누구든.

인본은 윤리를, 윤리는 위함을, 위함은 이웃 사랑을 말함인데, 이것은 인간관계의 정을 말함이다. 이런 정이 얼마나 귀중한지는 느껴본 자만이 알까?

'그리운 이를 둔 사람은 행복하다. 누군가에게 그리운 이가 된 사람은 행복한데 그리움은 염려와 사랑에 대한 깊음이다.'

우리는 이 말을 되새겨볼 필요가 있을 것이다.

정을 가지려면 정을 맛보려고 그 누군가를 위해 애쓰는 데서만 가능하다 하겠는데, 위한다는 것은 준다는 의미인 것 같지 따지고 보면 주는 것이 아니라 더 큰 것으로 받게 되는 경우도 있을 것이다. 그러므로 누군가를 위해 한 번 투자해 보라고 하고 싶다. 살맛나는 세상이 내 앞에 펼쳐지리니. 분명히!

그리 반갑지 못했던 고향 친구 얘기로 지금은 건강이 많이 좋아져 향우회에 참석도 할 만큼이지만 한동안 뇌졸중으로 크게 쓰러져 고생했는데, 뇌졸중으로 쓰러졌다는 말을 듣고 가보니 한쪽 마비는 물론, 말문까지 닫히고 정신조차도 흐릿했고 먹는 것도 호스로 해결했다. 그랬다. 친구 부인은 내 손을 꼭 붙들고 환자인 친구도 내 손을 꼭 붙잡았다.

안타까운 맘이었다. 지금 당장 죽는다 해도 가족들이 서운해하지 않을 나이이기는 하나. 고향 친구이기는 하지만 별로 만나고 싶지 않은 친구로 향우회 때나 만나곤 했는데….

도시라는 곳은 그 특성상 벽을 두고 살아도 그가 누구인지조차도 모르고 살아들 간다. 그렇기도 하지만 모임 아니고서는 만날 기회가 거의 없어 향우회라는 이름으로 한 달에 한 번 정도 만나게 되는데 그때마다 종교적인 말로 서운하게 하곤 해서 미운 나머지, "그래, 우리가 친구 맞나?" 언쟁도 했는데 종교적인 언쟁은 똑같은 사람으로 비칠 수도 있다는 데서 대충 넘어갔다.

그렇게 보면 문병은커녕 만나기조차 싫을 수 있지만, 새벽 제단은 어떤 제단인가? 나를 위해 기도가 아니라 누군가를 위해 중보 기도를 하게 되는 시간이 아닌가. 그렇기도 해서 나는 친구를 위해 기도를 했다. 앞에서 말한 대로 별로 친해지고 싶지 않은 친구를 위해⋯.

내게 좋게 대해주는 사람만 좋아하는 것은 기독교인의 자세가 아니라는 점을 생각해서라도 문병도 자주 했는데 병원이 서울 동국대학병원이라 약 세 시간이 소요되는 거리를 두 달 동안 13차례나 갔다.(친구 부인 말) 물론 문병은 빈손으로는 곤란해서 내 형편으로 봐, 병문안 인사치례를 훨씬 벗어난 금액일 수도 있게.

"내가 이렇게 되어 버렸네." 하는 것인지 아니면 그동안 미안했다는 뜻인지는 모르겠으나, 그랬다.

어떻든 정 쌓기를 일회성이어서도 진정성이 부족해서도 안 된다는 것이 그동안의 생각이다. 친구는 돈을 주고도 사라는 말을 진리로 알고 있어서 그렇기도 하지만 새벽 기도회에 가면 거기서 친구의 병을 고쳐달라고 기도했다. 병이 회복되어 이제까지의 엉터리였음을 인정하고 전혀 새로운 사람이 되게 해달라는 기도가 간절했다.

문병을 하는데 시간적 여건이 허락지 않는다면 모르겠으나, 그렇지 않다면 기도만 하고 있어서도 안 될 것이다. 그것은 참이 아닐 것이고, 참을 전제로 하지 않고는 기도도 안 될 것이 아닌가. 새벽 기도 시간은 중보기도 시간이라고 한다면 말이다.

지금은 내 건강도 많이 좋아져 이렇게 글도 써보지만, 당시는 건강이 좋은 편이 못 되었다. 그렇지만 병상에 누운 친구를 보면 감사하다는 생각에 문병 발걸음이 그리 무겁지 않아서 자주 가곤 했는데, 환자를 위한 기도는 당연하지 않은가. 그래서 환자나 환자 가족이 듣도록 기도를 하려고 해도, 그 가정은 불교 집안이라 거부할까봐 조심스럽게 기도하겠노라고 했더니 친구 부인은 그러라고 한다.

이것은 무엇을 말함인가. 어떤 종교든 따지고, 따지고 또 따져보면 자기 유익을 위함이 아닌가. 상황이 이런데, 불교인이기는 하나 돈독한 불교인이 아닐진대 어찌 자기가 신봉하는 종교만 고집할 수 있겠는가. 이해한다.

기독교인 입장에서 분명한 것은 자기 유익을 구하고자 앞뒤 가리지 않고 행동을 하다 보면 이 같은 불행이 닥쳤을 때 진심 어린 위로의 말도 기대하지 못할 수도 있을 것을 참고로 해야겠다.

'누구든지 자기의 유익을 구하지만 말고 남의 유익을 구하라.'(고린도전서 10장 24절)

그런데도 반대의 행동으로 사회로부터 손가락질을 받는 성도들도 드물지 않은 것 같은데, 세상 것을 가지고 축복이다만 하지 말고.

'먼저 주의 나라와 주의 의를 구하라. 그리하면 너희에게 더 하시리라.'(마태복음 6장 33절)

이것이 인간에게 계시한 창조주의 메시지며, 기독교의 진리인 것임을 먼저 인정하는 것이 옳지 않을까?

기독교의 상징이 십자가다. 십자가는 희생정신을 말하는 상징이기도 한데 나는 여기서 생각해본다. 희생을 통해 얻어지는 것이 있다. 그것은 곧 맘의 기쁨과 평안으로 그것들이 건강을 지켜주는 엔도르핀이 솟는다는 것을 저녁잠에서 느낀다.

그래서 환자 친구를 위하고 싶은 맘을 주신 하나님께 감사한다.

이런 감사의 맘이 없거나 모자랐다면 친구의 문병도 인사치레에서 멈췄을지도 모르겠다. 어떻든 누구를 위하고 싶다는 것은 하나님께서 내게 허락하신 축복일 텐데 이런 축복을 마다해서야 되겠는가. 물론 신앙심에서 나온 것이기는 하지만 말이다.

그렇다는 것을 인정한다면 위하겠다는 맘이 부족해서는 안 될 것이고 진심 어린 행동으로 옮겨야 할 것이다. 머뭇거리지도 말고. 그리만 한다면 위함은 위함의 몇 배로 해서 내게 다가올 것이다.

곧 축복 말이다. 그 축복이 무엇이든.

그러므로 그 누구든 위함을 의도적으로라도 해보라고 하고 싶다. 누구를 위한다는 것은 어찌 보면 자비심 같지만, 실상은 자신을 위함일 것이니 권한다. 나는 그런 짜릿한 맛을 본다. 환자였던 친구도 친구 가족도 여간 고맙게 대하는 것이 아니다. 문병시간도 시간 투자라고 한다면 투자일 것인데, 그런 투자도 단 몇 시간을 투자했을 뿐인데도 받게 되는 유익은 어마어마하다.

인간관계의 정을 쌓기란 '안녕하세요'부터 출발한다. 그런 점에서 아내에게 잔소리를 하게 되는데, 나이가 들면 잔소리가 심해지나 보다. 잔소리란 뜻이 무엇인지를 어학 사전을 찾아가 물었더니 '영양가 없는 자질구레한 말'이라고 한다. 그렇다면 자질구레한 소리를 달갑게 여길 사람이 어디 있겠는가. 아무도 없을 것이다. 잔소리가 약이 될 수도 있을 텐데도 말이다.

물론 잔소리가 심한 경우라면 이것도 일종의 정신질환이기에 치료가 필요로 할지 모르겠지만, 말이란 목숨을 가늠하기도 하는 무서운 위력도 지니고 있어서 당연히 덕담이라야 옳겠지만, 살다 보면 꼭 그렇지만 않은 것이 사람의 심리인 것 같다.

구경은 싸움이 제일이고, 귀는 험담에 민감하고, 입은 남의 험을 들추거나 전달하기에 흥미롭지 않은가. 그렇더라도 하고 싶은 말을 참아서는 그것이 병이 될 수도 있지 않을까도 싶어 잔소리인 줄을 알면서도 잔소리를 하게 되는데 아내는 싫다 하겠지만 여기서는 아내의 흉을 좀 봐야겠다. 스트레스가 질병이 될지도 몰라 질병 예방 차원에서라도….

내가 제안하는 말에는 대부분이 반대다. 마누라 칭찬은 팔불출, 흉보는 것은 칠뜨기, 그냥 있으면 바보, 글로 남기면 뭐라더라?

그렇더라도 나는 행복한 사람이다. 마누라는 그런대로 건강한 편이고 애들 또한 탈 없으니. 뿐만 아니다. 나를 친하게 대해주는 관계들이 꽤 있다. 친형제처럼(의형제) 지내는 사람도 5명 있다. 고향에 가도 무척 반가워들 해준다. 고맙고 감사한 일이 아닐 수 없다.

특히 처조카들이다. 처조카들은 눈물이 날 만큼 고맙게 대해준다. 고숙이라고 부름도 그냥 그렇게 부르는 것이 아니라 정이 가득 담긴 부름이다. 고숙이라는 호칭에 있어 잔소리를 좀 늘어놓자면 고숙이란 호칭은 변할 수 없는 친인척 관계라는 의미로 영원을 전제로 하는 호칭이지만, 고모부라는 호칭은 나와는 남인 고모의 남편으로 이혼할지 모른다는 전제가 깔렸지 않나 싶기도 해 맘에 들지 않는 호칭이다.

추석 명절 다음다음 날인가 싶다.

처조카 가족이 인사차 왔었는데 차에서 내리는 큰애를 살며시 안는 척했더니 이 아이가 나를 꼭 껴안는다. 갈 때도 마찬가지. 작은애도 그런 흉내를 낸다. 이것은 부모로부터 배웠을 것이다. 이것이 아름다운 관계의 정일 것이다. 물론 상대성이라고도 말할 수 있겠지만 말이다. 그런 점에서도 나는 행복한 사람이다. 그러기에 오늘도 그런 처조카들을 향해 컴퓨터 키보드를 두드려 본다.

처조카들이 여름이면 모임을 갖는단다. 그것이 좋게만 보여 그런 얘기를 한의사인 조카에게 말했다. 기회가 주어지면 우리 애들 생각도 해보라고. 그리 말하기는 했으나 우리 애들의 생각이나, 시간이 어떨지 모르겠다. 정을 쌓기란 만남이 없이는 거의 불가능할 것이기에 일부러라도 자주 만나야 한다.

그리만 하면 정이라는 싹이 잘 자라 형제자매라는 정은 물론, 살맛 나는 세상을 만드는 충실한 열매로 맺힐 것이 아닌가.

그런 충실한 정이라는 열매인 바이러스가 이웃에 사회에 널리 널리 퍼졌으면 좋겠다는 맘이다. 우리가 살아가는 사회는 물질보다는 정이 충만해야만 한다. 그래야 인본의 참맛을 맛보며 살아갈 수 있을 것이 아닌가.

그렇다. 우리가 살아가는 사회는 정으로 해서든 밝아야 한다. 그렇게 되기 위해서는 욕심일랑은 어느 선에서 멈추고 내가 먼저 솔선해야 맞겠지만, 말로만인 것 같아 미안하기도 한데, 부모 맘이란 자식들끼리 친인척끼리 자주 만나 웃는 모습에서 존재감도 행복감도 가질 것 같다.

하나님 아버지!

인간관계에서 무시해서는 안 될 만남인데 그런 만남이 중요하다는 생각을 갖게 해주시고, 작지만 행동으로 옮겨지게 해주시고, 만남으로써 그들과 제가 사회를 살아감에 있어 행복감을 느끼게 해주셨는데 그 은혜를 어찌 감사하지 않을 수 있겠습니까. 만남이 이렇게 중요해서 만남을 앞으로도 더 깊게 가지려 노력할 것입니다.

그렇지만

내가 먼저 살아야 하고,

내가 먼저 먹어야 하고,

내가 더 좋은 것을 가져야 하고,

내가 더 누려야 하고,

내가 더 많이 가져야 한다는 생각이 지워지지 않고 그대로 살아 있는데 이런 생각을 그대로 두어서는 곤란하다면 하나님께서 제 생각이 흐트러지지 않게 붙잡아 주소서.

쿼 바 디 스

쿼 바 디 스

쿼 바 디 스

쿼 바 디 스

쿼 바 디 스